巨人の夢

アランン・フィッシャー原作
渡辺洋子訳

A Giant's Dream

The Fay Folk Series

KYOJIN BOOKS

プロローグ　タイ子―パート1

タイ子は服を着る時よく鏡を見た。それから髪の毛を指先でサッとなでると、こんなふうにつぶやいた。

おかっぱ、おかっぱ、わたしの好きな髪型、
みんなはわたしの髪をちらっと見るだけ、それからわたしの姿をほれぼれと見る。
でもボブにしたら、じっと髪型を見るわ。
そしたら私はどうなるの、姿をじっと見てもらいたいのに。
だから、おかっぱこそわたしの髪型よ。

タイ子は笑いながら、体を左に右にひねって、違った角度から眺めた。もちろん、タイ子の姿が鏡に映ることはない。タイ子は本当の姿を見せることはめったにないからだ。でもこうした動きの一部始終を楽しんでいるのだ。日本の女たちが身支度を整える時に、時間をかける様子をまねしているのだ。

タイ子はザシキワラシだ。日本の妖精だ。背丈のちっちゃな、いたずら好きの妖精と言われている。日本人はザシキワラシが大好きだ。ザシキワラシに会うのは名誉なことで、もし幸運にもザシキワラシが家に住みついたら、その家は栄え、金持ちになると言われていた。その逆もまた真実で、もしザシキワラシが住んでいた家から去ってしまうと、後に残された家の者たちには、不幸なことばかり起こることになるのだった。

ザシキワラシはその名が示すように、ふつうは子どもの妖精だ。でもタイ子は美しい若い女の妖精だ。今日は真っ赤な地に、脇と後ろに金の糸でこみ入った花の刺繍がしてある着物を着ている。髪は黒く、赤く染まる頬は、真っ白な柔らかい肌をいっそう引き立てている。はだしで鏡の前に立ち、手には粉石けんの入った箱を持っている。やがてうれしそうに笑いながら、部屋の中をぐるぐる回って床に粉石けんをまき散らし始めた。

このところ数週間、ザシキワラシのタイ子はこの家に住んでいて、ときどき家族の中で一番小さい男の子の前に姿を現している。その子は五歳で太郎という。タイ子は初め、家の前で太郎が友だちと遊んでいるのを見た時、友だちに親切で、いつもにこにこしている太郎が気に入った。太郎のそばにいると楽しい気分になったからだ。それで太郎の家に引っ越して来ようと考えた。

太郎は両親にザシキワラシを見たことを話したが、両親は信じようとしないで、それどころか嘘をついた太郎に罰を与えることに決めたのだ。そういうわけで、太郎はおじいちゃんの家に泊まりに行かされることになった。家族の中でいちばん偉いおじいちゃんと話をすれば、ザシキワラシを見たなどと嘘をつくのは悪いことだとわかるだろう。両親はそう思ったのだ。

タイ子は床に自分の足跡を残すために粉石けんをまいていたのだ。タイ子は息子の言っていることを信じない両親を罰するために、二人をおどかして、わからせようとしているのだ。同時に、自分の存在をアピールしようともしているのだ。タイ子は、太郎の両親が目を覚ましたら足跡に気づき、その跡について客間まで行く、そこで二人に自分の姿をちらっと見せようとたくらんでいるのだ。赤い着物を優雅に着こなしたザシキワラシの姿に、両親は最初は驚くだろう。でもこれは家族にとってすばらしいことなのだ。大いに歓迎されるべきことだ。なぜなら、この家はザシキワラシに選ばれたのだから。

タイ子が最後の足跡をつけ終わった時、突然粉石けんがぐるぐると渦を巻いて空中に舞い上がった。

「やあ」と入って来たのは、アイルランドの妖精、レプラコーンのエナだった。でもいつものような威張りちらした様子ではない。おずおずと、タイ子の前に立っている。

「エナちゃん、久しぶりじゃない」タイ子はすぐに身をかがめてエナを抱きしめ、頬にキスをした。それでもエナはタイ子の前でもじもじしている。タイ子はにっこり笑って言った。

「会えてうれしいわ。でもここで何してるの？」タイ子はエナから離れたが、まだ手は肩にかけたままだ。

エナはしばらくタイ子をじっと見てから、

「きみはとっても、あのー、そのー、ぼくも会えてうれしいよ」

目の前でまだ恥ずかしそうにしているエナを見て、タイ子はいつもより頬を赤らめた。

「じつは、ぼく、まずいことをやっちゃったんだ。でも何とかそれを元通りにしたいんだ。ぼくはアイルランドで、どうしたらうまくできるかと考えていたんだ。そしたらきみの姿が突然頭に浮かんだんだ。助けてくれる？」

「話してみて」タイ子は言った。

エナはタイ子の手をそっととった。その瞬間、タイ子はすべてを悟ったのだ。そしてもう一度エナを抱きしめた。タイ子の目から涙があふれた。

目次

第三幕

主な登場人物

フィン・マックール　三世紀頃、アイルランドのタラの王だったコーマック・マック・アートのお抱えのフィアナ戦士団の団長。団長だった父クワルが殺されて失った団長の地位を取り戻すために、やっと十代になったばかりの時、タラの王宮に行き、毎年サウェンの夜に異界からやって来て、王宮を焼きつくし、戦士たちを焼き殺す妖怪エイリン・マック・モーナを撃ち取り、フィアナ戦士団の団長になる。この出来事はフィンが最も誇りに思っていることだが、夢の中で妖精レプラカーンのエナがその大切な場面を台無しにするため、エナを追い回すことになる。

コーマック・マック・アート　三世紀頃タラの王宮に住んでいたハイ・キング。アイルランド各地に住むケルトの部族の王たちの中で最強の王。物語の中では、魚の骨がのどに詰まり、不慮の死をとげる。

アート・マック・クイン　コーマック・マック・アートの父。タラの王宮のハイ・キング。

グローニャ　コーマック・マック・アートの娘。フィンの許嫁。

ヂアムジ　フィン・マックールの家来。フィアナ戦士団で最も強い戦士。

オシーン　フィンの息子であり、家来。

ゴール・マック・モーナ　フィンの父クワルを殺して、フィアナ戦士団の団長になるが、フィンが団長になった後は、フィンの家来になる。
フィアフー・ムイレハン　アルスター地方のケルトの部族の王。
ルアリー・オー・コノール　コナハト地方のケルトの部族の王
ブランとスキョロン　フィン・マックールの愛犬
トーマす・ウイグナッハ　フィンと同じ時代のアイルランドに住んでいる若者。父親の経営する居酒屋クックハウスの客であるフィンたちの冒険話を聞くのを楽しみにしていたが、フィンが仕掛けた罠にかかったエナを助けたために、フィンから逃れるためにエナにもらった魔法の指輪をはめて、時空を超えて現代の日本にやってくる。
藍　エナがトーマスのために用意してくれた日本の若い女性。フィンと結婚する。
亜季　藍の母。　**博司**　藍の祖父。　**武蔵**　藍の叔父。　**栄治**　藍の兄。
エアモン・オー・ウイグナッハ　トーマスの父。居酒屋クックハウスの主人。エナを隠したことをフィンに疑われ、クックハウスを焼かれ、タラの宮殿の地下牢に幽閉される。
アーニャ　エアモンの妻、トーマスの母。夫と地下牢に幽閉される。
ダルダ・オーグ　クックハウスの近くに住む、トーマスの幼馴染。指輪をはずして一時アイルランドに戻ってきたトーマスを馬小屋にかくまってくれる。
タイ子　若い娘の姿をした日本のザシキワラシ。エナと古い馴染。時空を超えてどこへでも飛んでいくことができる。アイルランドも何回か訪れたことがある。エナと心の通じ合った友達。エナに頼まれて、日本にいるトーマスと藍を見守っていたが、アイルランドで事件に巻き込まれる。

エナ　妖精レプラコーン。フォイ山脈のふもとのレプラコーンのマーケットに住む。楽器の制作、修理が仕事。バウローンの名手。思うところがあって、フィンの夢に毎夜現われ、バウローンを叩いて安らかな眠りを邪魔する。そのために罠にかけられ、トーマスに助けられるが、それがきっかけで様々な事件が起こることになる。時空を超えて、自由にどこにでも飛んでいくことができる。

ウナ　エナの双子の妹。楽器職人。得意な楽器フィドル。アート・マック・クインの時代に、初めてフォイのレプラコーンの集落を離れて、兄とタラの祭りに出かける。そこで身寄りのない貧しい、幼いエイレン・マック・モーナを見る。可哀そうに思ったウナは失踪した父が残した不思議な力を持つティンパンという楽器をそっとプレゼントするのだが・・・。

フィネガス　レプラコーンの集落の長老。一万歳に近い。ウイスキー造りの名手。両親が失踪したエナとウナの親代わり。物語の最後に、不思議な酒の力を使って、エナ達を苦境から救う。

ポードリック。・オー・ボジャハ　フォイのマーケットの門番。

エイレン・マック・モーナ　アート・マック・クインの時代にタラに住んでいた貧しい孤児。ウナがそっとくれたティンパンという楽器を弾き、人を集め金をもらうようになるが、ティンパンの魔力は聞くものを眠らせてしまう。この不思議なティンパン弾きを恐れたマック・クインはエイレンを捕まえて、生きたまま火の中に投げ込み殺す。エイレンは死後、妖怪になって毎年サウェンの夜にタラに現われ、宮殿を焼き払い、多くの兵や町人を殺す。若い兵士フィンがエイレンを殺してタラを救い、自らはフィアナ戦士団の団長になるが、ウナは自分が与えたティンパンのために不幸な運命をたどることになったエイレンをフィンの手から助けようとして巻きこまれてしまう。

主な地名 その他

アイルランドの四つの地方

アルスター　北部（名峰エリガル山七五一m）、レンスター　中東部（タラ、ダブリンなどがある）コナハト　中西部。　マンスター　南部。

タラの丘　紀元前五世紀頃から波状的にアイルランドに渡来したケルト人は部族ごとに各地に群雄割拠して争い、全国統一するものがなかったが、その中でも力の最も強い部族の王がタラの宮殿に住むハイ・キングとして、全国のケルト部族に君臨していた。

赤い丘（レッド・ヒル）タラの丘の近くにある丘。

クーリー山脈　アイルランドの北東の沿岸に実際にある山脈
フォイ山　妖精王ブライアン・フォイにちなんで名前が付けられた物語に出てくる山で、この麓にレプラカーン達が住む集落がある。
アード・リー・マーケット　様々な職業を持つレプラカーンが住む市場で、ゲートがあり門番がいて、人間は入れない。妖精だけが出入りを許される。
マグ・メル　異界　アート・リー・マーケットの奥にある滝の向こうにある死者や妖怪の世界。レプラコーンの集落が異界に近いことが、レプラコーンが一万年も生きることに関係があるようだ。
サウエンの夜　古代のケルトの人たちは、十月三十一日の夜には、異界とこの世を隔てる幕が取り除かれ、死者や妖怪など異界の者たちが人間界に自由に入ってくることができると考えていた。ハロウィーンの起源。

第一幕

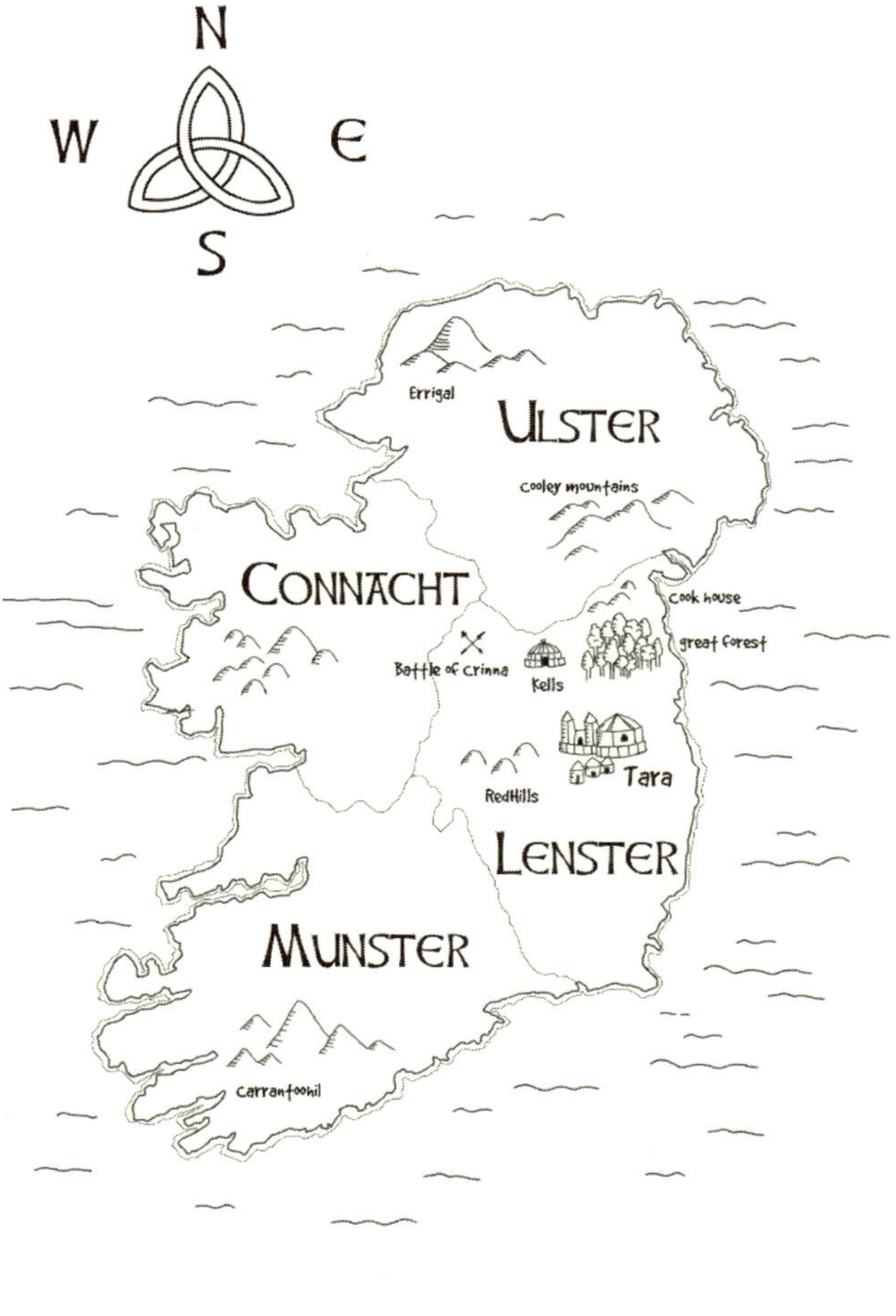
N
W
E
S
Errigal
ULSTER
Cooley mountains
CONNACHT
Cook house
great Forest
Battle of Crinna
Kells
Tara
RedHills
LENSTER
MUNSTER
carrantoohil

アイルランドの地図

契約

ずっとむかし、アイルランドにはたくさんのケルトの巨人がいた。その中にトーマス・ウィグナッツハ（一人ぼっちのトーマス）という名の巨人がいた。トーマスは二メートルくらいの背丈だったが、それは巨人としてはかなり小さいほうで、そのため同年齢の仲間からはちょっと身を引いていた。その代わりにトーマスには夢中になることがあった。それは有名なフィアナの戦士たちの食事を作ることだった。フィアナの戦士たちは狩りに行く途中、森のはずれにあるトーマスの両親がやっている食堂、クックハウスに立ち寄ることがあったからだ。

フィアナの戦士たちは、アイルランドのハイ・キングを護衛する戦士団で、ケルトの戦士の中でも最も勇敢で、その名はアイルランドじゅうに知れわたっていた。戦士たちを率いるのは、賢くて、力の強いフィン・マックールという巨人だった。

トーマスはフィアナの戦士たちが来るのをいつも楽しみにしていた。なぜなら戦士たちは食事をしながら、わくわくするような戦いの話や、冒険談をしたからだ。トーマスはその話をひとことも聞きもらすまいと、耳をそばだて、自分もみんなといっしょに冒険の旅をしている気分になるのだった。

ある夜、フィアナの戦士たちが一日じゅう狩りをしたあと、トーマスの家にやって来た。フィンはいつもよりたくさん酒を飲み、上機嫌で食事の間じゅう笑顔を絶やさなかった。みんなが食べていると、フィンが話し始めた。

「おれたちが仕掛けた魔法の罠は、必ずあのあつかましいチビすけを捕まえるぞ」

フィンが話しているのは、アイルランドの妖精レプラコーンのことだ。人間の子どもより少し小さくて、めったに姿を現さないが、そのいたずらぶりは誰もが知っている。日本のザシキワラシと似ていると言えるかもしれない。

このところ、エナという名のレプラコーンが毎晩のようにフィンの夢に現れて、バウローンというアイルランドの太鼓を叩くので、フィンは眠れないのだ。

その夜、フィンとフィアナの戦士たちが帰ったあと、トーマスは森の中に入って行き、その魔法の罠を探した。川の近くを通りかかると、後ろの茂みから誰かがトーマスに小声で話しかけてきた。

「おい、ウィグナッハ、一人ぼっちの巨人よ、こっちへ来いよ」

「誰だい？」トーマスが言った。

「こっち、こっち、早く」

トーマスが茂みをかき分けて中へ入って行くと、そこに罠に掛かったレプラコーンがいた。でもそいつは物語に出てくるような、赤い帽子に緑の上着を着た年寄りの妖精ではない。若くて、金髪で、髭は赤茶色をしている。小さい体に合わせて仕立てた、茶色の普通の上着を着ている。閉じ込められた檻の横木をつかんでこっちを見ている。

「わぁ！　本物のレプラコーンだ」トーマスは心の中でつぶやいた。

「そんじょそこらのレプラコーンじゃない。エナさまだ。いたずらの天才。フィン・マックールの夢に毎夜現れるご常連さ」

「えっ！　きみ、ぼくの心が読めるの？」

「読めるとも、お若い巨人殿。わしはいろんなことができるんだ。じつにいろんなことが。ただ困ったことに、今いるこの場所からは逃げられないんだ。いいかい、もしおまえさんがこの檻の戸を開けてくれたら。おまえの力になってやれると思うんだが」

　このレプラコーンの申し出は、とても魅力的だ。トーマスはすごい冒険の旅に出かけられるかもしれないし、金や宝石だって手に入れることができるかもしれない。それとも、美しい娘さんと結婚できるかもしれない。でも、もしこのことをフィン・マックールに知られたら…？

「フィンはとっても怒りっぽい。あの人の敵にはなりたくない」トーマスは考えた。

ところが、エナがこの二つをうまく解決する方法を考えてくれた。

「わかるよ、わかるよ。フィンは力も強いし、かしこい団長だ。もしおまえさんがわしを逃がしたら、すぐに気づいて、おまえさんも家族もフィンの怒りをまともに受けること間違いなしだ。でも、いいかい、フィンが強くてかしこいのはここアイルランドだけの話で、もしおまえさんが、遠い国に出かけて行って、そこでわしが願いをかなえてやれば、フィンを恐れる必要はないのさ」

「でも、僕の家族はどうなるの？」トーマスは聞いた。

「簡単な魔法を使って、おまえさんの家族をフィンの怒りから遠ざけてやるよ。大丈夫、家族の面倒はわしがみてやるから」

「本当にそうしてくれる？」トーマスはぱっちりと目を開けてエナを見た。

「もちろんだとも」エナはそう言いながら、ポケットの中に手を入れて、ごそごそやっていたが、何か差し出して言った。

「さあ、この指輪をもっていくんだ。これをはめたら、地球の反対側にある、遠い国に一足飛びに行くことができる。そこに行けばフィンのことを恐れずに、冒険をしたり、金や宝石を手に入れたり、美人の奥さんだって手に入れることができるぞ。あとのことは心配するな。おまえの家族のことも、おまえのこともすべてこのわしがうまくやる。わしにまかせておけばいい。約束する」

大きなトーマスは身をかがめて、小さいエナの手から指輪を取った。何の変哲もない、しみだらけの銅の指輪だ。魔法の指輪らしき印は何もない。でも、約束通り、トーマスは石を一つ拾うと、それで檻の鍵を叩いて開けた。檻が揺れると、エナは檻の戸を押し開けて外に出た。それからトーマスのほうを振り向いて言った。

「よし、うまくいった。おおきにありがとよ。お若い巨人殿。だが、これだけは肝に銘じて忘れるなよ。おまえさんが、行きたいところにいられるのは、指輪をはめている時だけだ。もし万一はずしてしまうようなことがあったら、一瞬のうちにフィンが待ちかまえているアイルランドに戻って来て、否応なしに、フィンの怒りの餌食になるんだ」

それを聞くと、トーマスは指輪をしっかりにぎって指にはめようとしたが、その手を休めて、もう一度エナをじっと見た。

「わかってるよ。心配するな。家族のことはわしが必ず面倒みるから」エナは約束した。

それからトーマスは…。指輪が指先にするっと入ったとたん、消えてしまった。

たしかにエナがくれたこの指輪をはめたものには、エナやタイ子たち妖精と同じように、時空を超えて旅をする力が与えられるようだ。トーマスはフィンの活躍する古代のアイルランドから、いきなり現代の日本に現われた。トーマスは今、日本のとある町の川のほとりに、真夏の太陽に照らされて立っている。近くに小さい作業場がある。道行く人々は足を止めて、呆然と立ちつくす青白い顔の大男を指さしている。トーマスは落ち着かない様子で、まぶしい太陽をさえぎろうとして、手をかざした。その時、一人の若い娘が人々をかき分けて近づいて来て、話しかけた。

「こんにちは。わたしは藍といいます。すぐそこにある作業場で金属や宝石の加工をしてアクセサリーを作っています。昨夜、あなたがこの場所に立っている夢をみました。そして今朝、目が覚めたらこんなふうに、英語が話せるようになっていたのです」

「ぼく、聞きたいことがいっぱいあるんだけど。助けてくれる？」トーマスは言った。

「ここはお日さまが照りつけて暑いから、中へ入りましょ」娘は言った。

娘はトーマスの質問に一つ一つ答えてくれた。二人は何時間もしゃべり続けた。笑ったり、たがいに冗談を言い合ったりした。こうしているうちに、娘のやさしい声の調子がトーマスの心配を解きほぐしていった。しかし、それでも、エナが最後にいったきびしい忠告が、トーマスの心に重くのしかかっていた。

話はアイルランドに戻る。フィンたちはその後どうしているだろうか。

フィンは刀を地面に打ちつけた。それから親指を口の中に突っ込み、近くの丸太に腰を下ろし、不機嫌そうに眉をよせて、遠くを見た。フィンがこうしている間、息子のオシーンをはじめフィアナの戦士たちは、戸が開いた檻のそばに立っていた。

フィンは大声で言った。

「ここできたない取引がおこなわれたのは確かだ。悪のにおいがプンプンする。この鍵はいったん掛けられたら、中から開けることは絶対にできない。しかしヤツがこの中にいたのは確かだ」

フィンは檻の近くから一歩も動かずに立っていた。

フィンは子どものころ、世の中の知恵を得るには、親指を口の中に突っ込みさえすればいいということを発見したのだ。まだ何も知らない無邪気な若者だったフィンは、賢者の家へ修行に行き、賢者が七年間待ってようやく捕まえた、知恵の鮭を焼くように言われた。

「わしより先にこの鮭を食べるんじゃないぞ」賢者は言った。

しかし、焦げてきた皮を親指で押さえた時、指先を火傷し、痛みをやわらげようと急いで親指を口に入れたとたん、フィンは不思議な鮭のもつ、世界じゅうの知恵を得る力を授かったのだ。その時以来、いまだに親指にのこる火傷の痕を吸うだけで、あらゆる知恵や知識を得ることができるようになった。

フィンは、誰かが檻をがたがたと揺らして戸を開けて、エナを逃がしてやったことがわかった。しかもそいつがその事実を隠すために、エナと何か取引をしたことも。

フィンは立ち上がると、オシーンのほうを向いて言った。

「猟犬たちを呼べ」

オシーンは馬の鞍に結びつけていた狩りの角笛を握ると、口にあてて吹いた。フィンにはブランとスキョロンという忠実な猟犬がいた。それは昔からその獰猛さで名が知られているケルティック・ウルフハウンドで、二匹とも立っていると、普通の人間の胸まで届く高さだった。体じゅうにこれまで主人とくぐり抜けてきた、たくさんの戦いの傷の痕がある。二匹のうち、ブランのほうが大きくて強かった。全身真っ黒で、血走った恐ろしい二つの目だけがらんらんと光っていた。一方、スキョロンはもう少し軽やかで、動きがすばやく、毛並みも兄よりは柔らかだった。この二匹の猟犬は、常にフィンの後を影となって追い、命令があれば、すぐにでも飛び出す用意があった。今、この二匹が空っぽの檻を指さして立っているフィンの前に現れた。

エナがこの空っぽの檻の中にいたことは、誰の目にもまぎれもない事実だった。しかし、過去の例から言えば、このいたずら者のレプラコーンは自分のにおいをブランとスキョロンから隠すことができた。しかし、今回はフィンの推測が正しければ、誰であれエナの脱出を手伝った者のにおいが残っているかもしれない。二匹はそのにおいを手がかりに追跡できるのではないだろうか。

　主人の意図をいち早く察した二匹は、さっそく罠の周りを嗅ぎ始めた。二匹はすぐに新しいにおいを嗅ぎ分け、自信ありげに首を縦に振って、主人の許しを求めた。フィンは跳び上がって、すぐに二匹の犬に活動を開始するようにうながした。

「犬の後を追え」フィンが言うと、戦士たちはいっせいに馬に乗り、すでに探索を始めたブランとスキョロンの後に続いた。


　一方、大きな森のはずれにあるクックハウスでは、一日の仕込みがフル回転で始まっていた。誰もが忙しく、一日の食事の準備に走り回っている。しかし、今日は鍋やフライパンがぶつかり合う音がいつもよりけたたましい。何しろ店主のエアモンが一人で何もかも準備しているからだ。というのも息子のトーマスがどこかへ行ってしまって見つからないからだ。音はますます大きくなる。そんな中、エアモンの妻のアーニャが、狭い入口から調理場のストーブ近くに入って来た。

「そんなにカッカしないの、エアモン。トーマスはきっと、すぐに戻って来るよ。だって仕事をさぼるなんて、あの子らしくないじゃない」アーニャは言った。しかし、そう言いながらも息子のことが心配だ。どこに行ったのだろう。誰にも言わないで仕事をさぼるなんて、何があったのかしら。

夫にあんなふうに言ったけれど、アーニャは自信がない。トーマスが仕事をさぼるなんて。エアモンはアーニャには目もくれず、相変わらず鍋をガチャガチャ鳴らし、ぶつぶつ文句を言いながら、カウンターからストーブへと飛び回り、野菜を切ったり、スープを混ぜたりしている。そんなエアモンが鍋の一つの蓋を開けた時だった、ちっぽけな男がピョンと跳び出した。


「わぁ！　なんだ？」

エアモンは驚いて後ずさりした。エナは外に出るなり、大きな声で笑い出した。

「ああ、驚いた。こいつはいったい、何者だ？」

「やあ、わしはエナだ。あんたの息子のことで来たんだ」

エアモンとアーニャは、いったい何が起こったんだろう、目の前に立っているこの小さい男は誰なんだろうと、驚いて何も言わずに立っている。

エナは肩をすくめて、台所の戸口のそばに座っている犬のほうを見て言った。

「フィン・マックールの夢に毎夜お出ましになるエナさまだよな。違うかな？」

しかし、犬は首をかしげている。

「そんなことはどうでもいい、時間がないんだ。フィンはすぐにここにやって来る」

エナはそう言うと、エアモンとアーニャの手を握った。そのとたん、エナの手を通して、トーマスに起こった一部始終が二人に伝わったようだった。一連の新しい出来事の記憶が二人の頭の中に再現されていくと、目がかすんではっきり見えなくなり、最初にトーマスの姿が現れると、アーニャは突然、エナが握っている手を振りほどいた。

「レプラコーン、息子はどこなの？」

エナは昨夜から今朝までに起こったことを話した。トーマスが魔法の罠から逃がしてくれたこと、そして今は地球の反対側の国にいることを。


アーニャは胃の力が抜けたように感じた。

「何ですって！　息子がどこに行ったって？」

「トーマスはこの地をあとにする時、わしに約束させたんだ。あんたたち二人に何が起こったか知らせることをね。いいかい、わしが心配するなといったら、その言葉を信じてくれ、トーマスは大丈夫だから。確かにヤツがわしと結んだ取引は一筋縄じゃない。でもきっとうまくいくだろう。わしはすでに未来の妻になる女を紹介してやった」

アーニャはエアモンのほうを振り向いたが、エアモンは黙って首を横に振るだけだ。

「トーマス、結婚したの？」アーニャが聞いた。

「いや、まだ結婚はしていない。しかし近い将来にはすると思う。いいか、そんなことより今はもっと差し迫ったことがあるんだ。トーマスがわしを罠から逃がしてくれた時、わしはあんまりあわてたもんだから、後に残すかも知れない手掛かりや、においを消すのを忘れてしまった。フィンのことだ、必ず彼の猟犬にわしを逃がしたヤツのにおいを突き止めさせるだろう」

途方に暮れていたエアモンが、ついに口を開いた。

「いったいぜんたいおまえはなぜ毎晩のように、フィン・マックールの夢の中に現れて、バウローンを叩いて、ヤツの眠りの邪魔をしたんだね。その結果、こんなことになるなんて」

「エアモン、あんたの言う通り、それはわしも反省している。しかしまだ手遅れじゃない。こんな騒ぎをあんたたちの家に持ち込んだのは悪かった。しかしわしには何とか解決する自信がある。フィンがトーマスの影を追跡するのは難しいと思う。わしはやつを混乱させるために幻影が現れるような魔法をかけることができるから。イリュージョン・スペルというやつさ」エナはこうして自分の手の内を二人に明かした。イリュージョン・スペルは記憶を消して、デジャビュを作りだす。頭の中を一瞬かすめるつかの間の像だ。いったんこの魔法がかけられると、トーマスは影となって、その記憶は以前にトーマスに会ったことのあるすべての人たちの潜在意識の中に閉じ込められてしまうだろう。

エナは今のところこのイリュージョン・スペルをかけるのが、フィンから逃れるためのいちばん良い策だろうと、アーニャとエアモンに勧めた。しかしその一方で、

「いったんこの魔法がかけられると、あんたたち二人からも息子のはっきりした記憶はなくなってしまう。思い出は潜在意識の奥深くに隠されてしまうからだ。ときどき、トーマスとしっかり結びついた物や、においや，音が一瞬記憶をかすめたように思うかもしれない。いわゆるデジャビュを経験することがあるかもしれない。でもあんたたちは息子のはっきりとした姿を思い出すことはもうできなくなるのだ。それでもわしは最終的に、すべてがうまくいくようにするには、これしかないと思う。フィンはどんなわずかな手がかりでも見つければ、あとはあの知恵の親指がすべてを教えてくれるからな」

エアモンとアーニャはたがいに顔を見合わせて黙っていた。エナには二人の心のうちが痛いほどわかった、同時に自分が苦境に立たされていることも思い知らされた。

「二人のために、悪いようにはしない。約束する。だけどこの魔法を使うかどうか決めるのは、あんたたちだ」

エナは二人の答えを待った。二人はエナのほうを向いてうなずいて、魔法を使うことを承諾した。

「急いで、トーマスの持ち物を洗いざらい集めてここに持って来るんだ。さあ、早く、フィンはもうすぐそこにいる」

エナの声は事態が緊迫していることを告げていた。エアモンとアーニャは大急ぎでトーマスの持ち物を集めにかかった。洋服、道具、子どものころのおもちゃ、そのほか、こまごましたものがストーブのそばの床に山のように積み上げられた。アーニャが最後に、トーマスが小さいころよく遊んでいた手作りの木彫りの馬を山の上に置くと、馬に火がつけられ、火はあっという間に燃え広がり、激しく熱く燃え、床の上に積み上げたものを燃やし尽くしてしまったが、不思議なことに、火は部屋にあるほかのものに燃え移ることはなかった。最後の炎が消えるとガラクタの山はすべて消え失せ、後には灰さえも残っていなかった。そして、エナの姿も消えていた。

「さてと、おれたちはどうしたらいいんだ?」エアモンは妻に聞いた。

「そうねえ、どうしましょう」アーニャが言った。

「店を開ける前にまだまだすることがあるから、さしずめ仕事にとりかかるか」エアモンはそう言って、野菜を切ったり、スープを混ぜたりする仕事に戻った。アーニャはしばらくぼんやりと夫を眺めて、心を決めかねている様子だったが、

「じゃあ、あたしも店を開ける準備にとりかかるとしようかね」そう言うと、台所の狭い入口を通って、自分の持ち場へ戻って行った。

ブランとスキョロンは、大きな森のはずれまで全速力で走った。その後ろに馬に乗ったフィンとフィアナの戦士たちが続いた。森がひらけたところに出た時、一匹の猟犬は突然走るのをやめ、あたりをぐるぐると狂ったように走り回って、地面や周囲の空気を嗅ぎ始めた。さらには、今来

た道も嗅ぎながら戻ったりした。

フィンとその一行が二匹の猟犬に追いついた時、フィンには二匹が追跡できるかぎりのところまで一行を引っぱって来たことがわかった。フィンは馬から下りて、目の前に広がる広々とした田園地帯にじっと目を凝らした。

息子のオシーンも馬から下りると、父のそばに来て言った。

「においが突然消えてしまったようですね。どうしましょうか、父上」

フィンは片手を顔のところまで上げると、口ひげを叩いてから、親指を一瞬噛んだ。遠くに、クックハウスの藁ぶきの円錐形の屋根から煙が上がっているのが見えた。

「腹がへった。飯にしよう」

後ろめたい気持ち

エナはクックハウスの食堂の片隅にある戸棚のてっぺんに身を隠していて、足をぶらぶらさせ、体を前後にゆすっていた。魔法はちょうど間に合った。エナは今、エアモンとアーニャの働きぶりを眺めていた。エアモンは食べ物を持って、台所からときどき現れる。アーニャは愛想よくおしゃべりしながら、常連客を食堂に招き入れ、食べ物をすすめている。

数頭の馬の走る音が聞こえてきたと思ったら、店の前で停まったので、客たちは入り口のほうに目をやった。アーニャが急いで窓の外を覗くと、フィン・マックールとフィアナの戦士たちが見えた。

「フィンが来たわ、フィンよ」とアーニャは客たちのほうを向いて小声で言った。食堂は突然みんなのしゃべりまくる声で騒然となったが、すぐに静まり返った。フィンが戸口に現れたからだ。エナは棚の上に並ぶ古い本の後ろにもぐり込んだが、本と本のすき間からホールを見下ろしている。

エアモンがあわてて台所から出て来て、尊敬すべきフィンとフィアナの客たちに挨拶をした。

「これはこれはようこそ、フィン殿。あなた様とあなたのご家来が再びわたしどものクックハウスにおいでくださるとは、まことに名誉なことでございます。妻がいつものお席をご用意しております。どうぞこちらにおいでください」

エアモンはフィンとその一行を、食堂の奥にある小さい個室に案内した。そこにはすでに急いで先に入ったアーニャが、部屋の中央に下がる青銅の大釜の下に火をくべていた。一行は釜の周りに輪になって並べられた椅子に座った。やがて釜の中味がグツグツと煮立ってくると、みんなの口もおのずと軽くなり、おしゃべりを始めた。みんなが釜の中味に気をとられていると見てとったエナは、その機会を逃さず、片手で食堂の天井の梁を伝って、大胆にも個室に入って来て、そっとフィンの椅子の後ろに降りて来ると、椅子の下にもぐり込み、下からフィンを見上げた。

「おい、オシーン、何かわしの背中を伝って降りて行った者がいたような気がするが。触ろうと思ったが逃してしまった」

「気のせいですよ、父上。何もご心配なさることはありません。あると言えば、父上の掛けた罠がせっかくあのチビの小人を捕まえたのに、あいつはまたわたしたちの手をすり抜けて逃げてしまったことで。残念ですけれど」

「オシーン、おまえはブランとスキャロンの前から突然あんなふうににおいが消えてしまったのを変だと思わないかね。今までにもにおいが探りあてられないことはあったが、追跡していたにおいが突然消えてしまうなんて、わしはおかしいと思うんだが」

オシーンは肩をすくめると、フィンの言葉を打ち消すように両手を振って言った。

「そうかもしれない。でも、今までだってあの二匹は、あの小人の追跡に失敗したことがあるじゃないですか。時にはにおいが消えることもあるんですよ。それとも逃げている途中で、もうちょっとうまくにおいを隠したほうがいいと、気づいたのかもしれません」

フィンは怒ったように、激しく息を吹いた。

エナはこれだけ聞けば十分だった。しかし、ここからしばらく姿を消す前に、もう一度棚の上に跳び乗って、食堂の中を見回した。アーニャはカウンターのそばに立って、一組の家族が食事をしているのをじっと見ていた。エナはその様子に、言いようのない空しさと、心の底にやどる寂しさを感じ取った。エナのイリュージョン・スペルは確かにうまくいっている。トーマスの両親は今のところ安全だ。でもそのために二人は高い代償を払ったのだ。これぱかりはエナはどうすることもできない。しかしアーニャを見ていると目頭が熱くなってきた。エナは息を深く吸い込むと、それを吐き出す瞬間に姿を消していた。

タイ子―パート2

「もちろんよ、お役にたてるならなんでもするわ。でも、時が来て、すべてが終わったら、二人でその場所に行って、何が起きたか、ことの顛末を見せてくれるならね。あなたがそうやって、自分を責めているのを見るのは心が痛むわ」タイ子はエナを慰めるようにいった。

エナは、タイ子がトーマスと藍のところに住んでくれたらいいのに、と思った。もしタイ子が二人のところに引っ越して来たら、二人の家庭はうまくいき、幸せに暮らしていけるだろう。アーニャもエアモンも息子の幸せについて知ることはないだろうが、でももしトーマスが幸せになれば、エナは二人との約束を果たしたことになるだろう。

エナはタイ子に、いつか時が来たらそうすると言って、頭を下げた。

タイ子は親指の先で涙をぬぐうと、陽気に話し始めた。

「あたしトーマスと藍さんに会うのが楽しみだわ。だって、二人はとてもお似合いのカップルって感じですもの。エナ、あなたって縁結びが上手ね」

エナには、タイ子がエナを元気づけようと、わざとふざけているのがわかった。そうしているうちに、エナの目にいつものいたずらっぽいきらめきが戻って来た。

「それで、タイ子、何をたくらんでいるんだい。どうやってその人たちの目を覚まさせるつもり？」

エナは太郎の両親のことに話を戻した。

タイ子はちょっと息を吸って、自分のしようとしていることを頭の中で思い返してから言った。

「うーん、キャッツと叫び声をあげるとか、あそこにあるランプを壊してみるのはどうかしら。まだちゃんと考えがまとまっていないけど」

エナはにやっと笑った。

「タイ子、タイ子、ぼくはどうやらちょうどいい時にきみの前に現れたみたいだね。きみはザシキワラシのことを信じない太郎の両親を驚かそうとしているようだけど、そこのところをもう一歩踏み込んでみようよ。まず最初に、二人の夢の中にお邪魔してみるのはどうだい？　それから、二人が目を覚ました時に、本物のきみを見せる。そうしたら、太郎の言っていることを疑うことは二度となくなるだろう」

タイ子はくすくす笑いながら言った。「それはすばらしい考えだわ。でもそんなことできるの？」

エナは肩をすくませて、にやりと大きく笑った。

「できるとも。でもその前にぼくは二人の体に触らなければならない。これからこっそりと二人の寝室に入って行こう」

「すばらしーい！　あたしにもいつかそのやり方教えてね」

太郎の両親はふっくらとした厚い布団の上で眠っていた。布団は二人の寝室の畳の部分の真ん中に敷かれていた。部屋の残りの半分は板の間で、食堂になっていて、テーブルといくつかの椅子があった。二人はこっそりと部屋の中に入った。テーブルの上に酒の空瓶が数個のっていた。

エナはその一つを取って、酒を飲むふりをした。タイ子はその姿がおかしくて笑いそうになったが、口に手を当てて笑いをこらえた。

二人が布団に近づくと、エナはタイ子の手をとって、その手を太郎の母親の肩の上に置いた。それから自分の手を太郎の父親の肩の上に置いた。

タイ子は口を開けて、声を出さずに「それからどうするの？」と聞いた。

エナがタイ子のもう一つの手をとると、四人が完全に一つに結ばれた。四人が結ばれるや否や、部屋の様子が一変した。まるで、違った次元、違った時空の世界に入ったようだった。二人は今、眠っている太郎の両親の布団の足元で、向かい合って立っている。

「ぼくたちは今、二人の夢の中にいる」

エナがそう言って、指さした先には、今までなかったアイルランドの太鼓、バウローンとそれを叩く棒がころがっていた。エナはそれを拾い上げると、静かに、アイルランドの曲のリズムを叩き始めた。それは一度聴いたら決して忘れないような、不思議な曲だった。そうしているうちに、エナの姿はしだいに薄れていき、見えなくなっていったが、不思議なリズムは鳴り続け、タイ子はそれによって知らず知らずのうちに動かされていった。タイ子があたりを見回すと、いつの間にかテーブルの上に尺八がのっていた。タイ子はそれをつかんで、エナのバウローンのリズムに合わせて吹き始めた。

音楽がしだいに大きく速くなると、太郎の両親が目を覚ました。タイ子は今やすっかり尺八に没頭し、吹きながらくるくる回転したり、体をゆすったりして部屋の中を踊りながら回っていたが、やがてゆっくりと廊下に出て行った。太郎の両親は聴きなれないアイルランドの音楽と、くるくると部屋の中を回る、鮮やかな赤と金色のかたまりにすっかり心を奪われ、タイ子が廊下に出ると、その後に続いて廊下に出て、客間に入って行った。二人がついて行くと、音楽はどんどん速くなっていったが、突然ぴたりと止まり、それと同時に赤と金色のかたまりも消えた。

太郎の両親は夢から目覚めた。

エナとタイ子は客間に戻ると、床にまき散らされた粉石けんの上にタイ子の足跡がはっきりついているか確かめた。

最初に口を開いたのは母親だった。額の汗をふきながら言った。

「わたし、今とても変な夢をみました。何かがこの部屋に私たちといっしょにいました」

「わたしもだ。奇妙な音楽と、色のかたまりが、廊下をうろついていた」

太郎の父親もこう言って立ち上がると、電気をつけた。電気をつけたとたん、床の上にまき散らされた粉石けんを見て、びっくりした。

「どうなさったの？　何ですの？」妻は夫の様子に気づいて、走り寄った。そして床の上の粉石けんを見た。二人は寝室を出て、廊下を歩いて行った。

客間では、タイ子が素足のまま部屋の隅に立っていた。手には粉石けんの空箱を持っている。客間の戸が少し開いて、太郎の両親が顔を覗かせた。二人の視線をあびて、タイ子はしばらくじっと立っていた。二人は恐怖におののいているようだ。それでもタイ子から目を離すことができない。しばらくして、タイ子が心配そうな口調で言った。

「太郎はどこ？　あたし、太郎と遊びたいのに」

その瞬間、粉石けんが宙に舞い上がり、タイ子は消えた。太郎の母親は金切り声をあげ、父親は母親の肩をつかんで、必死に落ち着かせようとした。

「太郎は嘘をついていたんじゃなかったんだわ。今、話したのは、話したのは、あれはザシキワラシだわ。今、この家に住んでいるのかしら？」

太郎の母親はこう叫ぶと、肩の上の夫の手を振りほどいて、寝室に走って行った。

エナとタイ子はまだそう遠くには行っていなかった。二人は客間の外にいて、窓から中を覗いていた。二人は笑いながら、おたがいの芝居の出来ばえを批評し合っていた。エナは脇腹が痛くなるほど笑った。こんなに笑ったのは久しぶりだった。

『『太郎はどこ?』っていうセリフを言う時は、怖そうに言わなければならなかったから。かわいそうに、あのおばさん、二度とあの部屋に入れないだろうよ」

「ちょっと、散歩しない?」タイ子はエナの手をとって言った。

しばらく歩くと、近くの神社の境内の片隅に静かな場所を見つけて、二人は座って話し始めた。二人は時のたつのも忘れて何時間もしゃべり続け、気がつくと太陽が西の空に沈みかけていた。

「すぐにアイルランドに帰るの?」タイ子が聞いた。

タイ子はエナにもう少しいてほしかった。でもさっき二人が手をつないだ時、タイ子はエナがアイルランドに早く戻りたいと思っているのを悟ったのだ。しかしエナはタイ子にまた会えてはしゃいでいる自分に少なからず驚いていたのだ。それで、ちょっと考えてから言った。

「たぶんね」

証拠

トーマスが指輪をはめてから、数日たった。藍はトーマスが装飾品を作る作業場の隣りにある小さい家に住むことを許した。その家は町の郊外にあった。

二人は今、この数日の間に起こった出来事の一部始終を報告するために、藍の家族が住む家に行くところだ。藍の父親はずっと前に、戦争で亡くなっていた。だから藍がいちばん気がかりなのは、彼女の祖父のことだった。祖父はいつも藍のことを気にかけてくれている。その祖父が、突然降ってわいたように現れた、このどこの馬の骨ともわからないよそ者に、どんな反応を示すだろうか。

「おじいさんは、大丈夫だと思う」藍は言った。二人は村に向かって流れている川のほとりを歩いていた。通行人はみんな立ち止まって、トーマスをじっと見ている。驚いている者や、怖がっている者もいる。でもみんな両手を上げて、トーマスの背の高さをはかっている。

「たぶん、おじいさんは、あなたの背の高さに驚くと思うわ」藍が言った。

「そんなことというのはおかしいよ。だってアイルランドでもみんなぼくの背丈について言うけれど、それはぼくが年のわりに背が低いからなんだ。友だちのデルタ・オーグはぼくより二ヶ月早く生まれただけだけど、僕よりずっと背が高いんだ」トーマスは片手を高く上げて、友だちが自分に比べてどのくらい背が高いか示そうとした。

「ほんと？　それってすごいことじゃない。わたしもいつかあなたの国に行ってみたいわ」


トーマスは心の中で、いつか藍をアイルランドに連れて帰り、家族に紹介できたらどんなにいいだろうと考えた。でもエナが、指輪をはずして故郷に帰ることは絶対にしてはいけない、とはっきり言っていた。それにフィンが、エナが檻から逃げたことにひどく腹を立てていたことを考えると、胃袋がへこむほど意気消沈するのだった。


「ぼくの両親は大丈夫だと思う。エナが二人にちゃんと説明するって、約束してくれたから。でも、エナが本当にそうするかどうかは、わかったもんじゃないけどね。もし、きみがぼくの両親に会ったら、気に入ると思う。ぼくの両親もきみのことを絶対に気にいると思う。二人にまた会える日が来ることを祈るよ。二人ともそれまで元気でいてほしい」

「そうなったらいいわね」藍の笑顔は少し不自然だった。藍は自分の家族がトーマスに会ったら、どんな反応を示すか予想できなかったのだ。

「アイルランドでは、お酒をたくさん飲む？」藍が聞いた。

「お酒って何？」トーマスが聞き返した。

「お米で作ったワインよ。わたしたちはお祝いの時とか、家族の集まりで飲むのよ。わたしの祖父はお酒が大好きなの。たぶん、あなたにも勧めると思うわ。でも強いから最初は少し飲むだけにしてね」藍が言った。

「ところで、お米って何？」トーマスが聞いた。

「あらいやだ、お米も知らないの？　日本では食事のことをごはんっていうの。それはじつはお米という意味なの。毎日私たちは，朝ごはん、昼ごはん、夜ごはんという三度の食事を食べるけど、それは朝食べるお米、昼食べるお米、夜食べるお米っていう意味なの。日本人の毎日の暮らしにとって、とても大切なものね。トーマス、あなた昨日の夜、実際に食べたじゃない」

これを聞いてトーマスが笑うと、藍は続けて言った。

「そうね、これからはたくさんお米を食べることになるでしょうね」

「お米イコールごはんか。おぼえておかなきゃ」トーマスは言った。


トーマスは歩きながら、首を横に振ってぶつぶつ独りごとを言っていた。結局、あのいたずら者のエナは、ぼくにいたずらをしないではいられなかったんだな。だって藍さんに英語を教えて、僕に日本語を教えてくれないなんて。日本に来て、まだ数日しかたっていないけど、日本語を知らないで、この国でわくわくするような冒険をするなんてとうてい無理だ。

家に近づくにつれて、藍は落ち着かなくなってきた。トーマスは藍がだんだんいらいらしてきたのを感じた。ところがトーマスはあんまり心配していなかった。お酒は飲んだことないけれど、アイリッシュ・ウィスキーやエールなら、何度も飲んだことがある。もし気まずい雰囲気になったら、アルコールの力を借りてうまくやろうと考えた。そしたらみんな明るい気分になるだろう。

藍の母親の亜季が門のところで二人を出迎えた。亜季は、門の両側に枝が垂れ下がるように生えている二本の桜の木の間に立っていた。亜季は二人を、正面玄関から家の中に招き入れ、広い畳の部屋に案内した。亜季の緊張した様子がすべてを物語っているようだった。亜季は白地にピンクの花と青い鳥の模様を前と後ろにあしらった、正装用の着物を着ていた。藍は普段着を着て来たことを後悔した。

トーマスは低い鴨居に頭をぶつけないように、身をかがめて部屋の中に入った。三人の男があぐらをかいて、小さいテーブルの向こう側に座っていた。トーマスが部屋に入った時、三人は何かひそひそと話していた。藍の祖父博司が真ん中に座り、その両脇に藍の兄と、叔父が座っていた。三人とも母親よりもずっと略式の、濃い藍色の浴衣を着ていた。浴衣は着物と同じ形だが、ずっと薄い木綿の布地でできている。

トーマスは三人のひそひそ話は聞こえたが、何を言っているのかさっぱりわからない。ふと見ると、三人ともそばに、鞘に入った刀を二本置いている。長い刀と、短い刀だ。
「よし、あの刀を鞘から抜くことなしに、ことをうまく進めるようにしよう」トーマスは心に誓った。

亜季は、トーマスと藍を、テーブルを挟んで祖父たちの反対側に座らせた。トーマスは藍が座る様子をじっと見て、それから座った。藍がするのと同じにすればいいと思ったからだ。亜季は父、つまり藍の祖父の隣りに座った。

藍は席に着くと、ていねいに頭を下げ、挨拶をし、それから数分何か話した。祖父は石のように無表情な顔で藍を見ていたが、ときどき藍の言うことにうなずいていた。トーマスは何が話されているのかさっぱりわからなかったが、ときどき、「トーマス、アイルランド、エナ」という言葉が聞き取れた。

藍が話し終わると、叔父の武蔵が突然、トーマスを指さしながら、大きな声で話し始めた。藍が中に入ってとりなそうとしたが、かえって叔父を怒らせてしまったようだった。
藍はトーマスのほうを向いて言った。
「みんな、アイルランドの妖精があなたを送り込んだなんて信じられないって言うの。あなたが本当は、どうやって、何の目的で日本に来たのか知りたがっているわ」

藍がトーマスと聞きなれない外国語で話すのを聞いて、藍の兄も何か言い出したが、その言葉はさらに叔父を刺激したらしく、さらに怒りをつのらせ、父に耳打ちしながら、さかんにトーマスを指さしていた。部屋じゅうに張りつめた空気が漂っていた。トーマスは藍を見た。その目に涙があふれていた。

「心配しないで、僕が話すから通訳して」

トーマスの言葉に藍はうなずいて、涙をぬぐった。


「こんにちは、みなさん。ぼくの名前はトーマス・オー・ウィグナッハといいます。ぼくはアイルランドという国から来ました。アイルランドは僕の知るかぎりでは、地球の反対側にあるとても遠い国です。ぼくはもめごとを起こすために日本に来たのではありません。あなたのお孫さんの藍さんに対して悪いことをする気持ちはまったくありません。どうかぼくの言うことを信じてください」


藍の祖父はトーマスの指にはめられた指輪を指さしながら、はじめて沈黙を破った。

「祖父は、あれがあなたをここに連れて来た指輪かって聞いたから、はい、そうです、と答えました」藍がトーマスに言った。

トーマスは自分が本当のことを言っているのだと、祖父を納得させる方法がほかに見つからなかった。

「ぼくたちは愛し合っています。ぼくのただ一つの望みは、藍さんと将来の家族のために良い家庭をつくることです。ぼくは本当のことを言っていると誓います。このことを証明するためにどんなことでもします」

みんな口を閉じ、あたりがシーンと静まり返った。藍はトーマスの手を握った。

トーマスはテーブルから立ち上がると、両手を胸の前で合わせた。「こうするしかないだろう」そう言うと、二本の指で指輪をひねったり、引っぱったりし始めた。それから指輪をはめている中指の先端まで滑らせるように持っていったが、ここで一呼吸おいて、部屋の中のみんなを見渡した。次の瞬間、トーマスは消えていた！

「えーっ？」みんな一瞬、驚いて息を止めて、たがいの顔を見合わせた。

指輪をはずす前の最後の一瞬に、トーマスは母親のことを考えた。そして今、トーマスはアイルランドのクックハウスの入り口に、母親のアーニャと向き合って立っている。夜になっていて、アーニャは店を閉めようとしていた。テーブルの上に残っている最後の皿をつかんで、洗い場のほうへ行こうとしていた時、入り口に立っている若い男に気がついて、足を止めた。

「エナが説明しに来たでしょ。何も言わずにいなくなってしまって、ごめんね。こっちは万事うまくいっている？」

トーマスは入り口から中に入り、母親に駆け寄ったが、母親は後ずさりして、突然の侵入者におびえているようだ。

「エナって、誰のこと？　すいません、もう店じまいしているところなの。どこか別なところに行ってくれません？」

トーマスには母親が困惑していることがわかった。

「ぼくのことわからない？　父さんはどこ？　エナがあなたたちにすべて説明すると言っていたけど」

アーニャはもうおびえていなかった。この男は悪いヤツではなさそうだ。それに不思議なことに親しみを感じさせるものがある。でもそう考えると、アーニャはますますわけがわからなくなってきた。頭の中にいろいろなことが現れてくるが、一つにまとまらない。「あなたの父さんですって？」アーニャはつぶやいた。

何かおかしい。エナが指輪を決してはずしてはいけない、と強く言ったのは、たぶんこのことだったんだろう。トーマスはゆっくりと指輪をはめようとしたが、その前に、もう一度母親のほうを向いて、最後に言った。

「ぼくはいつも父さんと母さんのことを愛しているよ。ぼくのことは心配しないで」

トーマスは棚からアイリッシュ・ウィスキーの瓶を一本取ると、指輪をはめた。アーニャはまたクックハウスの中で一人になった。アーニャは今起こったことが事実なのか、それとも一日じゅう働いて疲れたために幻覚を見たのか、わからなかった。でも、気がつくと、ウィスキーの瓶が一本なくなっていた。それと同時に、このところアーニャの心を占めていた言いようのない寂しさも消えていた。

トーマスが再び博司の前に姿を現した。みんなおし黙って、トーマスが口を開くの待っている。

「どうか信じてください。ぼくがここに来たのは、善意以外の何物でもないことを。さあ、この贈り物をお受けください。日本にあるたった一つのアイルランドのウィスキーです」

トーマスはアイリッシュ・ウィスキーの瓶をテーブルに置いた。

博司はうやうやしくお辞儀をして、瓶を受け取った。それから武蔵に、瓶を開けるように言った。武蔵は瓶を開けると、まず瓶の口に鼻をつけてにおいをかいだ。それから満面に笑みを浮かべて、博司のほうを向いた。この様子を見て、兄の栄治が冗談を言ったので、みんな大声で笑った。亜季は急いで台所に行き、酒と盃を持って戻って来た。

藍はトーマスが戻って来たので、うれしそうに笑って、トーマスに言った。

「おじいさまったら、『こりゃ強そうだ』なんて言ってる。だからみんな笑っているのよ。おじいさまは、ウィスキーとお酒をみんなで飲もうと言っているわ。みんなうれしそう。でも、あなたは大丈夫なの、トーマス？」

「よくわかんない。母さんに会った。元気そうだった。でも、なんか変なんだ。母さんはぼくのことがわからないようなんだ。どうなってるのかわけがわからない。このことは後で話そう。今はきみの家族と楽しくしようじゃないか」

盃にウィスキーが注がれた。博司はどうやって飲むのがいちばんいいか聞いた。まずはゆっくりすすってみたら、と藍が言った。博司はわかったと言うと、上機嫌で乾杯の音頭をとった。藍がトーマスのために通訳した。

「家族の新しいメンバー、トーマスくんのために、かんぱーい！」

みんながたがいに盃を合わせて飲んだ。みんな一気に盃を飲み干し、おかわりを注いだ。

ハイ・キング

エナはタイ子と別れる前に、タイ子を藍の作業場に連れて行った。誰もいなかったので、二人は中に入った。エナは予定よりこの国に長くいたようだ。でも今、エナは何かとても悩んでいるように見える。今はエナに無理を言う時ではない。そのうちにいつかまた戻って来て、タイ子との約束を果たしてくれるだろう。その時まで待とう、とタイ子は思った。今のところタイ子にとって大事なことは、トーマスと藍の家に住んで、二人の新しい生活がうまくいくように見守ることだ。

二人が別れのハグをしたとき、タイ子は顔をエナの顔に近づけて、キスをした。その目には涙があふれていた。

「あたしは時が来るまで、ここであなたを待つわ」タイ子はエナからようやく体を離すと言った。

「タイ子、ありがとう、よろしくたのむよ。またすぐ会えるよ」エナはこう言って、タイ子から手を離すと、姿を消した。タイ子は一人作業場に取り残された。

「今はこれでいいんだわ」タイ子はそう言って、部屋の中を見回した。

さて、話をアイルランドに戻そう。

エナはタラの町の郊外にある、小高い丘の上に立っていた。アイルランドのハイ・キング、コーマック・マック・アートは、数百マイル四方を見わたす有名なタラの丘の上に立つ大きな城に住み、そこからアイルランドじゅうを治めていた。コーマックはその賢明な判断力と、争いを裁く際の公平さと、それに加えてフィン・マックールと彼が率いるフィアナ戦士団がにらみをきかせているおかげで、四十年間この国を平和のうちに治めていたのだ。

フィンとフィアナ戦士団が近くにいるおかげで、コーマックもタラの町の人たちも、安心しておだやかな日々を送ることができた。コーマックは城の隣りに大きな兵舎を建てて、フィンとフィアナ戦士団を住まわせた。

フィンはタラの町の警備についている時は、毎晩コーマックといっしょに大きな宴会場で食事をした。ここで二人はたくさんの重大な事柄を、たがいの知恵を出し合って相談した。時には、二人は英雄たちの手柄話や、古くから伝わる物語を語り合うこともあった。また町の人たちがささやきあう噂話を小耳にはさんでは、ひそひそと話すこともあった。こうして二人は毎晩、あくことなく話し合ったのだ。さらに二人の大男は、大きな胃袋とのどの渇きを満たすために、大いに飲み食いしたから、台所をあずかる者たちは、毎日毎晩休まずに働かなければならなかった。二人が座る場所の近くの暖炉で燃えさかる火の上には、焼き串にさされた豚が何頭も並び、いく樽もの上等なビールが待ちかまえていた。二人はほどよく焼けた豚の肉を裂いては口に入れ、樽からビールを注いでは口の中に流し込んだ。やがて骨だけになった豚が床の上に積み上げられ、腹が満たされても、それでもなお二人は飲み続けるのだった。飲むほどに口はほどけ、話題は深刻な話から、楽しい物語や冗談に移っていった。そして二人の笑い声はしだいに大きくなり、宴会場の外まで響きわたるのだった。

「ああ、フィン、そなたはまだ若いから、クリンナの戦いのことは知らぬであろう」コーマックがなつかしそうに言った。

「はい、しかし輝かしい勝利の戦いだったと聞いております。あなたさまはファーガスと彼が率いるアルスターの軍団を征服し、ハイ・キングになられたのですね。わたしもその場にいたかった」

「そうだ。まことに激しい戦いだった。その日のうちに何人の首がとんだことか。思い出すたびに笑いがこみあげてくるわ。そなた、マック・コンのことを聞いたことがあるか？」

「ルガー・マック・コンですか？」フィンが言った。

「そうだ、あの恥知らずのマック・コンだ」

「そやつはあなたさまの父上のハイ・キング、アート・マック・クインを殺したために、賠償金を払わなければならなかった。それを支払う代償として、あなたさまはマック・コンをその日戦わせた、と聞いております」

「フィン、さすが物知りのフィンだ。そなたの言う通り、ヤツは神の御名にかけて、その賠償金を支払う義務があったのだ。そこでわしはその義務を清算させるために、やつを最前線の前衛部隊に入れて、ファーガスと戦わせたのだ」

コーマックは言葉を切って、その場を思い出しているかのようにほくそ笑んだ。それから盃からぐいっとひと飲みした。

「マック・コンはたしかに根性は悪いヤツだったかもしれない。しかし戦いにかけては、すばらしい戦士だった。アイルランド随一といっても過言ではないかもしれない」

そう言って、マック・アートはテーブル越しにフィンのほうに顔を近づけると、わざと言葉を不明瞭に発音しながら、ささやいた。

「もちろん、これはフィン・マックールが登場する以前の話だがな」

それから大声で笑うと、椅子に背をのけぞらせ、フィンの肩を叩いて言った。

「あの日、もしそなたが戦場にいたら、さぞかし頼りになる味方だったことだろう。しかし、ちょっと待てよ。そなたがいたら、ファーガスは恐れおののいて、わしと戦おうとさえしなかったかもしれん。それでは面白くないな」

ハイ・キングはだいぶご酩酊だな。フィンはにやっと笑って言った。

「話の続きをお願いします。マック・コンはどうなったのですか？」

「おお、そうであった。わしはマック・コンを最前線で戦わせたが、それだけではなかった。ヤツにファーガスの首をとって、わしのところに持って来いと、命じたのだ」

コーマックは手首で口をぬぐうと、しばらく頭をよぎるさまざまな思いをまとめているかのように黙っていたが、それから一気に話し出した。

「ファーガス・ブラックトゥース（黒い歯のファーガス）の目から見ると、わしはまだ尻の青い子どもで、タラの王宮の王になるなんてとんでもないと思っていたんだ。ヤツにはファーガス・ラウァル（デブのファーガス）とファーガス・タニー（チビのファーガス）という頭が空っぽの弟がいた。この三人がわしの若さにつけ込んで、タラの王座を自分たちのものにしようと考えたのだ。ファーガスは、血気さかんな喧嘩好きな兵士からなる一万人の軍勢を率いてタラに行軍した。もちろんわしも喜んでヤツらを迎え撃つことにした。

しかしじつのところ、わしには二千五百人の兵しかいなかった。わしはまずテイグ・マック・ケインに援軍を求めた。テイグとその一族は、長い間わしの父に忠誠を示していた。またテイグ自身にもファーガスと戦う動機があったのだ。テイグの父はファーガスに殺されたからだ。そういうわけでテイグを味方にするのにはそれほど手間どらなかった。それどころかテイグ自身がファーガスに復讐する機会を狙っていたのだ。しかしテイグの軍隊を合わせてもわが兵は五千しかなかった。そのときテイグがすばらしい考えを思いついた。じつはマック・コンを味方にしようと言ったのは、テイグだったのだ。

マック・コンはすでにかなりの年齢だった。しかし体の動きは相変わらず機敏で、相変わらず血に飢えていた。わしはマック・コンに直接会って話すことにした。二人はケルズ近くにある、とある居酒屋で会った。わしはまず彼にわしの父のハイ・キング、アート・マック・クインを殺害した賠償金を支払うように要求した。わしは、人生の終わりに近づいている者にとって、若いころ犯した悪事は心に重くのしかかり、あの世で審判を受ける前に清算したいと思っているだろうと考えたのだ。驚いたことに、わしが強く要求する前に、マック・コンはわしの前にひざまずき、忠誠を誓ったのだ」

フィンは熱心に耳を傾けながら考えた。勝ち目のない戦いには必ず死がつきまとう、それでも戦士はそれをものともせず立ち向かうのだ。

「敵側一万の兵に対し、こちらは五千。たとえマック・コンが先頭に立っていたとしても、勝ち目はファーガス側にあったでしょうが」フィンは目を大きく見開いて、にやりと笑って言った。

「まことにその通り、その通り。しかし、わしは突撃を開始する前に、マック・コンのほうを向いて言った。ファーガス・ブラックトゥースの首を持ってこい、そうしたらおまえはわしに借りを返したことになる。おまえの賠償金は帳消しにしてやる。マック・コンは灰色の口髭の生えた口を開けて、不気味に笑うと、手にした長い斧をしっかりと握りしめ、アルスター軍のほうに猛進した。

マック・コンは斧を高々と掲げて、敵の最前列に突撃した。敵方の兵士の手足が宙を舞い、地面に落ち、マック・コンの進む道は一掃された。それはあたかも雀の群れを襲う鷹のようだった。マック・コンはまず、ファーガス・ラウァルに対面した。太っちょののろまなヤツだ。その日ラウァルは長い槍と盾で戦っていたが、マック・コンは槍を払いのけ、盾に斧を突き刺し、ラウァルの腕を叩き斬った。斧が突き刺さった盾を手にしたまま、ラウァルは後ずさりしたが、マック・コンがさらに一撃を加えるとラウァルはこと切れた。

マック・コンはラウァルの首を高々と掲げると、わしのほうを振り向いて、『ファーガス・ラウァルを撃ち取りました。これでよろしいでしょうか？』と叫んだが、わしは首を横に振った」こう言って、コーマックはビールをなみなみと注ぎ、大声で笑った。

「次はファーガス・タニーの番だった。三人の兄弟の中でいちばん大きいヤツだ。その日タニーは斧と短剣で戦っていた。わしは考えた。もしわしの兵士の中で問題を起こすヤツがいたら、タニーは確実にその一人になるに違いない。しかしそんなことが実際に起こることはなかった。タニーは短剣を振りかざしてマック・コンに向かって来た。マック・コンはその短剣をひったくると、刃を手でぎゅっと握りしめた。指の間から血がしたたり落ちた。この恐ろしい様子に気をとられていたタニーは次の瞬間に起こったことを見ることはなかった。マック・コンはタニーの首を斬り落としたのだ。マック・コンは再び首を高々と掲げて、わしのほうを向いて大声で言った。『ファーガス・タニーを討ちとりました。これでよろしいでしょうか？』わしは首を横に振った」

コーマックは握りこぶしを高々と上げると、歯ぎしりしながら最後の言葉をしぼり出し、突然大声で笑い出した。

コーマックは次の山場を再現するために、立ち上がった。

「マック・コンがファーガス・ブラックトゥースに到達するには、あと少なくとも五十人と戦わなければならなかったであろう。ついに二人は対面し、激しく戦った。ファーガスの幅広の刀にマック・コンの斧が当たると、火花が飛び散った。二人は互角の戦いを続け、戦いは膠着状態だった。両者とも、後ずさりしたり、旋回したりして、相手のすきをねらっているようだった。両軍の兵士たちは戦うのをやめ、二人の戦いのなりゆきを見守っていた。そのうちにマック・コンに疲れがみえてきた。彼の指からは血が絶え間なくしたたり落ち、地面を染めていた。この弱みにつけ込んでファーガスは刀を振りかざし、最後の一撃を与えた。しかし勝ちを急ぎすぎたファーガスの一撃は正確さを欠いた。またマック・コンは疲れてはいたが、その一撃をかわすだけの余力と鋭敏さを残していたのだ。刀は左にそれ、ファーガスはその重みで左によろめいた。マック・コンはその場に倒れ身動きができなかったが、握っていた斧をファーガスの胸めがけて投げつけ、ファーガスは地面に倒れた。わしも他の兵たちとそこに立ちつくし、二人の戦う様子を見ていたが、マック・コンはわしを見上げていった。口ひげは血でよごれ、体は血と泥でおおわれていた。

『殿、あなたのファーガス・ブラックトゥースを仕留めました。わたしはヤツの首を討ちとることはできませんでしたが』

その瞬間、わしは彼の賠償金を清算してやった。こうしてマック・コンは最後の息を引きとり、あの世へと旅立ったのだ」

フィンは鷹揚に笑いながら、「マック・コンがそんなにすごいヤツだったとは知りませんでした。クリンナルの戦いのために乾杯しようではありませんか」

二人は盃を合わせ、飲んだ。

「これがわしがタラのハイ・キングになった時の一連の出来事の中で、最も心に残るものだ。ところで、フィン。そなたはどうだね。わしはこの偉大なフィン・マックールにとっていちばん心に残るすばらしい出来事が何なのか、ぜひとも聞きたいと思うのだが」

コーマックはフィンの肘をつついてうながした。

「ああ、コーマック、あなたがここタラの宮殿で、わたしをフィアナ戦士団の団長にしてくださったあの時を、よくご存じではありませんか。じつはわたしは今でも、エイレン・マック・ミーナを打ち負かした勝利の時の夢をよくみます」

コーマックはテーブルを叩いて言った。

「そうだとも、そうだとも。わしはそのことをもっと早く思い出すべきだった。あのような怪物を打ち負かすことができる者は、この世にはそういるものではない」

エナが急いでタラの宴会場に入った時には、フィンの話が始まろうとしていた。エナはフィンとコーマックから離れて高い天井の梁に座って耳を傾け、コーマックがフィンの手柄を次々にあげてほめそやすのを、にこりともせずに歯ぎしりしながら聞いていた。

サウェンの夜とマグ・メル

サウェンの夜はケルトの人々にとって、神聖な時だった。一般にはハロウィーン、または十一月一日前夜祭と知られるこの夜には、十月の最後の日に世界が闇に包まれると、メルの地、すなわち異界とこの世をへだてる門の扉が開き、精霊や妖精や悪魔たちが一晩だけ、異界からこの世にやって来ると信じられていた。

ケルトの人々は、サウェンの夜には神々が人間の願いをいつもより聞き入れてくれると信じ、サウェンの夜の前後の数日間にさまざまな祭りをおこなった。異界の霊を鎮めるために家畜を殺して、いけにえとして捧げたが、いけにえは神に対する感謝の念を表すものでもあった。それでも異界の霊の中には、そのような人間の願いを無視して、この世に騒ぎを起こそうとやって来る者もいた。

そんなやっかいな霊の中でも、最も悪名高いのが、エイレン・マック・ミーナだった。毎年サウェンの夜に、エイレンは異界とこの世をへだてる境を踏み越えてやって来た。エイレンのすみかは、ケルトの人々にとって、神聖な王宮があるタラの丘から北の方角にあるクーリー山脈の山奥の洞窟の、そのまた奥深くにあった。

エイレンはやせっぽっちで、チビで、せいぜい十三、四歳の子どもぐらいだった。肌は墨を塗ったように真っ黒だった。このエイレンは二十三年もの間、毎年サウェンの夜に、タラの丘のふもとの町のすぐそばにある「スリーブ・ルア（赤い丘）」に、夜の闇にまぎれてやって来ていたのだ。エイレンは手にティンパンという古い楽器を持っていた。それは小さい太鼓に短い竿がついている、バンジョーのような楽器だが、フィドルやハープのような音を出す。太鼓の皮の部分には、八本の弦が張られ、竿の先にピンでしっかりと止められている。エイレンは片手に弓を持ち、弦の上を滑らすように動かして音を出し、もう片方の手で弦を押さえながら音を調節して演奏した。

エイレンはまず弓を弦の上に前後に静かに滑らせて弾き始める。ゆっくりと、しかし着実に弓を下から上に、上から下に動かしていく。エイレンがこうしてティンパンを弾き始めると、太鼓が振動し、甲高い音がタラの丘に向かって吐き出される。その音が恐怖をさそう小波のように町の上空を通っていくと、人々はその音におびえるように、あわてて家の中に避難するのだった。

この時こそ、タラの王宮を守るフィアナの戦士たちの出番だった。何百人もの戦士たちがいっせいに武器をとり、立ち上がると、王宮の門を通り抜け、赤い丘に向かって突進した。もしもこの魔物の首をとることができたら、フィアナの戦士の名は後の世まで永遠に残ることになるだろう。そのことは古い写本にも書かれていて、誰もが知る伝説として語り継がれていた。

しかしエイレンが奏でる旋律が速さを増していくと、聴く者たちはしだいに心を奪われ、睡魔に襲われるのだ。フィアナの戦士たちは眠気を振り払おうと首を振り、その調べを聴くまいと耳に指で栓をする者もいた。ああ、しかし悲しいことに、そんな努力はすべて水の泡だった。エイレンが奏でる魔法の調べは戦士たちを情け容赦なく襲い、一人また一人と倒れ、深い眠りに落ちていくのだった。こうしてついには最も勇敢で、猛々しい戦士たちさえも、エイレンの魔法の調べには太刀打ちできずに倒れていった。

エイレンが最後の一節を叩き出した時には、丘のふもとには眠りこけた兵士が散らばっていて、ケルトの聖地タラは守る者もなく無防備で立っていた。エイレンはティンパンと弓を足元に置くと、タラの丘に向き合った。今やエイレンはタラを思いのままに襲撃し、恨みを晴らすことができるのだ。

眠りこけた兵士の中のいく人かは、幸運にも目を覚ました。しかし彼らが見たものは、背後に燃えさかる聖地タラの丘と、足元に散らばる焼け焦げた仲間の亡骸だった。すでにエイレンの姿はない。少なくともあと一年は戻って来ることはないであろう。

夢―パート1

フィンとコーマックは、しばらく酒を飲んでいた。エナはその間、梁の上に静かに座っていた。

「そなたがサウェンの夜に町を守ると名乗り出た時、気でも狂ったのかと思ったぞ」コーマックは首を横に振りながら言った。

「こいつ、なんと図々しい若造め。いやしくもアイルランドのハイ・キングに向かって、タラを必ず守ってみせるから、夜警の任務に就かせてくれ、などと頼み込むとは。わしらはそんなことができるものかと笑っていたのだ。しかしそなたがエイレン・マック・ミーナの首を高々と掲げて戻って来て、タラの王宮が何事もなく無事であることを知った時、笑っている者はいなかった」

フィンは、大したことではない、本当のフィアナの戦士として当然のことをしたまでだとばかりにうなずいてみせたが、じつはフィンにとって、これこそが最も誇るべき時だったのだ。

フィンがエイレンの首をコーマック王の足元に置くと、王はほうびとして、望むものは何でも与えようと言った。その時フィンは、フィアナ戦士団の団長にしてくださいと言ったのだ。おそらくこれはさらに傲慢な要求だったかもしれない。しかし若いとはいえ、悪魔の首を掲げて持って来た者に、誰がつべこべ言えるだろうか。しかもその悪魔は長い年月、多くの人を殺してきたエイレン・マック・ミーナなのだから。

エナはしかし、この話を聞いても少しも驚かなかった。この場面はフィンの夢の中で繰り返し体験してきたからだ。

しばらく盃を酌みかわした後、コーマックとフィンはその夜はおひらきにして、たがいに「おやすみ」を言って、ホールをあとにした。

「敬愛するハイ・キング、コーマックさま、いつもながら楽しい夜でした」そう言ってフィンはコーマックの腕の内側から腕を入れ、両肩をしっかりと抱いた。

「マック・ミーナによろしく言ってくれ」コーマックはそう言うと、ホールじゅうに響きわたる声で笑った。

フィンは城を出て、フィアナ戦士団の兵舎にある寝室に帰って行った。

ブランとスキョロンはパチパチと音を立てて燃える火のそばに体を横たえて、あるじの帰りを待っていた。

フィンは勢いよく戸を開けると、よたよたとベッドのほうへ歩いて行った。すっかり酔っ払っているようだ。すぐにベッドの上に大の字に横になり、いびきをかきはじめるにちがいない。スキョロンはベッドによじ登り、ご主人さまの隣りで眠るだろう。しかしブランはもっと用心深く、ドアの近くで眠るのだ。

二匹の犬が突然耳をぴくっとそばだてて、身を起こした。部屋の石壁の開口部つまり窓を、二匹はじっと見る。その窓には扉がない。いつもは何かの異変や怪しい侵入者の気配を感じると、二匹はすばやく反応し、侵入者に向かって行ったり、兵舎の全員を呼び起こすようにけたたましく吠えるのだが、今、風が窓からヒューっと音を立てて入ってくると、ブランもスキョロンもほっとしたように、再び身を横たえ、誰かを待っているような様子になった。優しく吹いてきた風が窓にかかる布を部屋の内側へ向かって揺り動かす。次に突然の疾風とともに、エナが窓辺に現れる。エナは口元に指をあて、二匹に向かって「シーッ」と言うと、ポケットから乾燥肉のスナックを取り出す。二匹の犬はエナの差し出した手のほうに走り寄る。窓辺に立つエナと二匹の犬の高さがちょうど同じなので、エナの手の中のエサはあっという間になくなってしまう。エナは二匹が食べている間に、耳元に次のような呪文をささやく。

さあ、ぼくの友だち、全部お食べ！
このおいしいご馳走を食べたら、今度はきみたちがぼくを守る番だ。
鶏肉に、グーズベリージャムのかかったハム、
どれもきみたちの友だち、エナからだ。
ぼくの名前をおぼえていてね。
フィンがぼくのにおいを捜しても、
ぼくがどこに行ったか教えないでおくれ、
そしたら、もっとご馳走をあげるから。

エナはタラに来る時はいつもこの呪文を用い、フィンが二匹の猟犬を使ってエナのにおいを捜さないようにしていた。二匹がエナの顔をなめると、エナは窓辺から床に飛び降りた。そしてさらにエナの顔をなめようとする二匹に向かって、「もうやめてくれ、もうやめてくれ」と繰り返しながら、犬たちといっしょにフィンのベッドに近づき、上に上がった。ブランとスキョロンは眠っているフィンに寄り添うように体を丸めて、眠りの体勢になった。エナはフィンの足元に立つと、いびきをかいて寝ている大男をじっと見つめながら、何か考えているようだったが、やがて

考えがまとまると、フィンのくるぶしに片手を置いて、大きく息を吸った。

エナは気がつくと、タラの宮殿の入り口の門の上に立っていた。一人の若者が肩からカバンをさげて、手に槍を持って入り口に近づいてくるのが見えた。イーヒャ・サウェン（ハロウィーン）の朝だった。タラの町には厳しい外出禁止令が出ていて、ハイ・キングの許可を得ている者以外は、自由に町を歩くことができなかった。危険な日が始まろうとしていた。外出禁止令はサウェンの夜に毎年必ずタラの丘を襲う、エイレン・マック・ミーナに殺される者の数を最小限にするための措置だったのだ。

「おい、小僧、名を名乗れ」番兵が大声で言った。

「もう少し言い方に気をつけたほうがいいよ。ぼくはクウァルの息子だ。あんたはぼくに忠誠を誓う義務がある」

「クウァルに息子がいたなんて聞いてない。おまえはここに来る資格はないんだ。さっさと帰るんだ。嘘をつくヤツをこの城に入れることはできない」

フィンは、番兵たちを怒らせて大声で言い争いになれば、ハイ・キングに聞こえるだろうと考えて、一つの策を考え出す。

「何をしようとしているのか知らないが、用心しろよ。若造に恥をかかされたくないならな」

番兵はフィンのまいた餌にかかって来た。歯ぎしりしながら右手を挙げてフィンを叩こうと向かって来たが、フィンはすかさずその挙げた手の脇の下を槍の柄で叩いた。番兵は左手で胸を押さえて後ずさりした。フィンはさらに突進し、今度はその番兵の股ぐらに槍の柄を突っ込んだので、番兵は倒れた。この時、別の三人の番兵が刀を鞘から抜いてフィンを取り囲んだ。

「ぼくの名前はフィン・マックールだ。ぼくをハイ・キングのところへ連れて行ってくれれば、騒ぎを起こさない」

フィンがこう言うか言わぬうちに、三人のうちの一人がフィンに向かって来たので、フィンはそいつの股ぐらにも槍の柄を突っ込んだ。相手が倒れかかると、フィンはその胸に足をのせ、近くのぬかるみまでその体を押して行った。この様子を見ていたあとの二人が前後から攻撃してきた。フィンは身をくねらせながら、二人の攻撃を槍の柄と刃の両方をたくみに使って身をかわした。二人の番兵とフィンが三つ巴になって激しく争っていると、城の門から大きな声がとどろいた。

「武器を置けー」

叫んだのはフィアナ戦士団の団長、ゴール・マック・モーナだった。一つしかない目で焦点を合わせようと頭を振って近づいて来るさまは不気味で恐ろしい。額から頬にかけて切り傷が走る。おそらくこの傷を受けた時に片目の視力を失ったのだろう。この男はほかの者たちよりはいくぶん年長のようだが、その大きな体にはまだ力がみなぎっている。

ゴールが門から出て若者に近づいて来るのを番兵たちはじっと見守っている。

「マックールだと？」ゴールは若者を頭のてっぺんから爪先まで、じろーっと見る。

「わしを誰だと思う？」

フィンは黙って立っている。こぶしが真っ白になるほどしっかりと槍を握っている。

「わしこそクウァルを殺した男だ。何か言いたいことがあるか？」ゴールが言った。

「はい、ぼくはフィン。クウァルの息子です。でもあなたには何も言うことはない。もっと差し迫ったことでタラに来たのです。大切なのはハイ・キング、コーマックにぼくがここに来たことを知ってほしいのです。そうしたら王が何と言うかわかるでしょう」

フィアナ戦士団の戦士として成功することは、その戦士個人にとってだけでなく、家族にとっても、一族にとっても名誉なことだった。多くの部族から、最も強く、最も勇敢で、最も頭脳明晰な子弟が、男女を問わず、フィアナ戦士団の一員として選ばれるようにと送り出された。しかしケルト人の部族は争い好きで、部族同士の争いが絶えなかった。このような争いが、時には、フィアナ戦士団の戦士たちの地位争いにもち込まれることもあった。その良い例が、アイルランドの西のコナハト地方を治めるマック・モーナ一族と、中東部レンスター地方のクウァル一族の間に何世紀にもわたって続く敵対関係だった。事の始まりが何であったかとうのむかしに忘れ去られ、ただ敵意だけが両部族の間に、深く、執拗にしみ込んでいて、たがいに激しく攻撃し合ったり、あざけり合ったりしていた。

フィンがまだ幼い子どもだったころ、長い間フィアナ戦士団の長として、戦士団を率いていた父クウァルが、モーナ族との争いで殺された。争いに勝利を収めたモーナ族の長、ゴール・マック・モーナは、将来クウァルの息子が復讐するのを恐れて、クウァルの一人息子を捜して殺すよう命じたのだった。しかし一人息子のフィンはすでにひそかに、タラから遠く離れた地に連れ去られ、そこで身内の者の手厚い庇護のもとで暮らしていた。

さて、クウァルが死んで空席になったフィアナ戦士団の団長の地位は、すぐさま埋める必要があった。コーマックはクウァルの長い間の忠誠に深い敬意と感謝の念を感じていたから、クウァルを殺した者を許してはいなかった。伝統的には空席になった団長の席は、その席を引き継ぎたいと名乗り出た者の中から選ぶのが普通だった。しかし、この時はそのように名乗り出る者がいなかったため、フィアナ戦士団の中で最も強力な戦士であると誰もが認めるゴールが候補にあがり、コーマックはゴールを団長にする以外の道はないと考えたのである。こうして、ゴール・マック・モーナがフィアナ戦士団の団長の地位に就いたのだった。

ゴールは身をかがめてフィンの顔をまぢかに見て言った。

「コーマックの意見を聞くことはできる。しかしいずれにしろおまえの命はそう長くはないだろう」このように言うゴールは明らかに、フィンが見上げる大男だった。フィンはこの時、やっと十代になったばかりの子どもだったのだ。

このころまでには、フィンに倒された四人の番兵も立ち上がり、フィンを取り囲んでいた。そして二人がフィンの前に、あとの二人が後ろについて、コーマックの館に向かって行進を始めた。ゴールは一歩遅れて、後ろからフィンを用心深く見守りながらゆっくり歩いた。一行が館の大広間に着くと、ゴールは大声で到着を知らせ、コーマックとの面会を願い出た。

コーマックはテイグ・マック・ケインなどのほかの族長たちと、今夜エイレンからタラの町をどうやって守るかを相談しているところだった。

「ゴール、こっちへ来てくれ。今夜見張りに立つ戦士はもう決まったか」

「はい、王さま、わが部族の最も強い戦士たちがわたしとともに見張りにつくことを申し出ております。われらはたとえ命を落とそうとも、タラを守って見せまする」

「テイグもあと百人の戦士を見張りにつけると申し出てくれたぞ。テイグの百人がそなたの戦士と合流することになるであろう。わしは誰であれ、あの魔物を殺した者には、その者が望むものは何でも、ほうびとして与えることに決めたのだ」

コーマックは片手を挙げて握り拳をつくると、その拳を、座っている椅子の肘かけの上に強く振り下ろした。部屋じゅうに居並ぶ者たちが歓声をあげた。


フィンはこの機をとらえ、前に進み出て言った。

「王さま、わたくしがエイレン・マック・ミーナの首を討ちとって、王さまに献上いたします」

コーマックはまたたきもせずに、その少年を見て言った。

「このようにわしに話しかける若造は何者だ、ゴール」

「王さま、こやつは、自分はクウァルの息子だと言っています」


コーマックは立ち上がって、少年を見下ろして言った。

「どこか似たところがあるやもしれぬ。しかしおまえがクウァルの息子だとどうしてわかろうか。何か証拠になるものを持っているのか」

「何も持っておりません。ただ、槍の使い方がクウァルとそっくりではありますが」ゴールが口をはさんだ。

フィンはもう一歩前に進み出て、コーマックに言った。

「わたくしはクウァルの息子フィンと申します。父はフィアナ戦士団の前の団長であり、ハイ・キングの友であり、アイルランドの忠実な兵士でした。わたくしの言葉がすなわちその証拠です。王さま、今夜タラを守るために、あなたに二百人の兵は要りません。わたくしは今夜タラを守るために馳せ参じました。どうかわたくしがタラを守るために見張りにつくことをお許しください」

コーマックはテイグのほうを見た。テイグはにやにや笑っている。

「テイグ、フィンと名乗るこの若造が、今夜わが町を守ってくれるそうだ。そなたの兵士は警備の仕事からおりてもいいぞ」

部屋じゅうの人々が大声で笑った。コーマックは続けて言った。

「今日のように暗く沈んだ日を明るくしてくれて礼を言うぞ。しかし今は遊んでいる場合ではないのだ。もしゴールが言うように、おまえが父クウァルと同じように槍を使いこなすことができるなら、おまえは役に立つかもしれぬ。そこで、わしはおまえに今夜兵たちと共に見張りにつくことを許可しよう」

コーマックは兵器補給係の兵士のほうを向いて言った。

「この若者に、盾と刀を与えてやってくれ。もしこやつが、日が昇って朝が来た時、まだ生きていたら、もう一度こやつと話し合って、こやつが何者か、しかと見定めることにしよう。さあ、みなの者、持ち場に戻って準備をするように。ほどなく夜がやって来る」


夜のとばりが下りた。ゴールは自らの兵の半分をエイレン攻撃に最適な位置につかせ、残りの兵をレッド・ヒル周辺のパトロールに向かわせた。ゴールの指示は常に明快だ。相手を打ち負かすには、ただ機敏に、果敢に行動するのみだ。そして、エイレンが音楽を奏で始める前に、その首を討ちとること。フィンはレッド・フィル周辺のパトロールにつきたいと願い出たが、却下された。


フィンは今、城壁の上に立って、エイレンが現れる方向をにらんでいる。腰帯には短刀をさし、右手には槍を、左手には盾を持っている。

静まり返った町の上をサウェンの夜の冷たい風が吹きわたり、黒雲が月を隠す。

見張りの兵たちは毎年この時期に必ず現れるエイレン・マック・ミーナの襲撃に備えて、満を持しているが、あたりは暗く何も見えない。そしてわずかな音にも神経をとがらせる。

その時、丘のずっと上にある暗い洞窟から、小さい黒い悪魔が姿を現した。城壁の上で見張りをしていた兵士たちは、その火のように燃える目を見たとたん、町じゅうに警報の鐘を鳴らした。

「丘に向かって突撃しろ、丘に向かって突撃しろ」

城門に立つゴールが叫ぶと、丘の近くをパトロールしていた兵たちはいっせいに、火のように燃えるエイレンの目のほうへ向きを変え、刀を鞘から抜いて全速力で突撃した。五人の兵士がエイレンからわずか三十メートルの距離まで近づいた。そのうちの二人がエイレンにさらに近づき、槍を投げた。槍はエイレンの頭上すれすれに通過した。危険が迫っていることを察知したエイレンは、手に持っていたティンパンという楽器を兵士たちに向け、弦の上に弓を力強く走らせ、大音響を出した。その音は兵士たちを縮みあがらせ、五人は後ずさりしながら丘を落ちていった。

フィンはこの時までには城壁を下りて、レッド・ヒルのふもとに立っていた。フィンは窮地に陥った時いつもするように、親指を口の中に突っ込んだ。そしてゴールを先頭に何百人もの兵士がエイレンに向かって突進して行くのを見ていた。エイレンの奏でる音楽は、レッド・ヒルを下り、町のほうへと下り始めた。それと同時にフィンの目の前でゴールの兵士たちが次々に倒れ、地面の上で意識を失っていった。タラの丘から警備の兵がことごとく姿を消すのも時間の問題だ。

フィンはくるりと向きを変えると、急いで城壁のほうへ戻って行った。フィンは戦いが始まる前に、城門の近くで、兵士たちがすでに自分たちの死を予測して、別れの盃を酌みかわしていたのを思い出したのだ。城門の入り口に半分ウィスキーが残っている瓶がころがっていた。フィンはその瓶をカバンにしまうと、再びレッド・ヒルめざして走った。フィンの足元には、すでに多くの兵士の死体がころがっていて、フィンはつまずきながらその間を走った。遠くでは、ゴールがわずかに残った兵士たちとともに、エイレンの音楽の魔力と必死に戦っているのが見える。フィンがゴールに近づいた時には、そのわずかな兵士たちもすでに倒れ、ゴールだけが何とかもちこたえていたが、片膝をついていた。フィンもエイレンの音楽の魔力を感じ始めていた。フィンは襲ってくる眠気を払いのけようと、自分の脇腹を持っていた槍で刺した。その時ゴールがフィンのそばで、どさっと倒れた。フィンはエイレンの音楽の魔力から何とか逃れようと、カバンからウィスキーの瓶を取り出して、ぱっくりと口を開けた脇腹の傷口にウィスキーを流し込んだ。フィンはその強烈な痛みに耐えかねて、大声でうめいた。そのうめき声は、タラの城の中に逃げ込んだ兵士たちにも聞こえるほどだった。

しかし、この荒療治は効を奏したようだ。フィンは痛みにもだえ苦しんでいたが、槍を持って、できるだけ早くエイレンめざして突進した。フィンが突進して来るのを見ると、エイレンは音楽をフィンに直接向けて鳴らそうとした。しかし時すでに遅し！　フィンの投げた槍がエイリンの手を突き抜け、ティンパンの柄に突き刺さった。音楽はやんだ。しかしフィンは脇腹の傷を抱えてしゃがみ込んでいた。傷からは大量の血が流れ出ていた。

エイレンの音楽はやんだが、タラはまだ危険から脱してはいなかったのだ。エイレンは手から槍を引き抜くと、フィンに向かって来た。その目からは炎がほとばしり、エイレンはその炎を直接フィンに向けて発射した。フィンはまだ地面に膝をついて傷の痛みと戦っていたが、何とか間に合って盾をつかむと、自分に向けられた炎を四方に蹴散らそうとした。炎は木製の盾を燃やしたが、フィンは腹ばいになって前進した。黒焦げになった盾の後ろで、フィンはできるだけ低く頭を下げて進んだ。火がパチパチ音をたてて、フィンを取り囲んでいる。しかしフィンは腹ばいの状態で、少しずつ前進し、エイレンに向かって行った。そしてようやくエイレンに刀が届く距離まで来た時、フィンは盾を捨て、刀の柄を握った。

まさにその時だった。エナが、エイレンが出て来たあの暗い洞窟から姿を現したのは！　手にはアイルランド特有のバウローンという太鼓と、ばちをもち、太鼓を叩き始めたのだ。バウローンのビートはエイレンのティンパンとは違う。しかし同じように聴く者を眠らせる力がある。フィンは眠気に襲われ、まぶたが重くなってきた。それでもこの音の正体を見きわめようと必死に目を開けた。そのときフィンを見下ろして立っているエナと目が合った。その瞬間にエナは力のかぎりバウローンを強く打ち始めた。この音にフィンは逆らえず、なすすべもなく地面に倒れた。最後にもうろうとした意識の中で、もう一度エナの姿を見ようとしたが、エナはすでにいなくなっていた。エイレンがフィンを見下ろすように立って、視界をさえぎっていたのだ。

フィンは深い眠りに落ちる前に、エイレンの目を見た。青い目だった。炎の根元に燃えるあの青い強い光の色。そこからあの激しい赤い炎や火花が燃え出るのだ。フィンの体の上にまさにその火花が飛びかかろうとしていた。

フィンは突然激しくあえぎながら、ベッドの上に起き上がった。そして槍を手に取って立ち上がると、入り口の樫の木の扉に向かって投げた。ブランとスキョロンも同時に目を覚ました。フィンはスツールを持って窓の下に行くと、膝に肘をつきしばらく座っていた。ブランとスキョロンもフィンの足元に座っていた。やがてフィンはおもむろに片手を口のほうに持っていくと、親指を口の中に突っ込んだ。

さびしいレプラコーン

エナはレッド・ヒルに戻って行った。一人で口笛を吹きながら、曲がりくねった道を歩き、やがてフィンの夢の中でエイレンが出て来た薄暗い洞穴の入り口までやって来た。入り口はかつて巨大な樫の木があったが、今は古ぼけた切り株しか残っていない。エナは朽ちた樫の木のそばに腰を下ろすと、膝に肘をついて、洞窟の中を見た。地面はエイレンが吐き出した炎で焼け焦げている。もうすでに長い年月がたっているにもかかわらず、無数の焼け焦げた石がころがっている。エナはその一つを拾っては、入り口から洞窟の中のある場所をめがけて投げた。

小石は跳ね返って戻って来ることはなかった。ただ洞窟の奥の、壁の向こうに姿を消した。ときどき、石が洞窟の中を通る時、中からくぐもったような声が聞こえてきた。

「何だ？」

「いてえー」

「おい、やめろっ」

エナは笑うしかない、そして石を投げる合い間合い間に、自分に話しかける。

「ぼくが誰に会ったと思うかい？　タイ子だ。タイ子のヤツ、相変わらずおかしいぜ。ぼくたちはむかし、タイ子のためにタップダンスの靴を作ってやった時のことを思い出して笑ったんだ。片方しかタップの音が出なかったあの靴さ」

そう言ってくすくす笑うと、エナはまた小石を投げた。

「おい、やめろ」洞窟の中から声がこだまのように戻って来た。

「タイ子のヤツおかしいよ。でもタイ子とむかしのことを話してるだけで、気持ちが明るくなるんだ。それは驚きだったな。ぼくは長いことはいられなかった。すぐに戻って来なければならなかったからな。今はタイ子がトーマスのことをみていてくれるから安心だ。でもこれはまったく別の話だ。でもぼくとタイ子は別れしなに、たった二人だけの時間をもつことができた。ほんの短い間だけど。結局は戻ってよかったんだな。何年目だったんだろう」

「それにしても、オー・ウイグナッハ家はめちゃめちゃだ。トーマスは大丈夫だろう。だけどぼくはエアモンとアーニャの記憶を混乱させるような魔法をかけてしまったんだ。悪いことをしたと思ってる。アーニャの記憶が突然空っぽになってしまった。ぼくがタイ子に会いに行ったのは、本当はそのことを相談したかったんだ。トーマスが大丈夫か確かめることもあったけど。タイ子がトーマスと藍のそばにいてくれる。それはいい。でもトーマスの両親にはしてやれることが何もないんだ。悲しいけど、最後にすべてが良くなることを願うしかない。特に今、その状況にいる人のことを考えると」

「ぼくは今夜もまたヤツの夢の中に現れたんだ。いいかい、本当のところ、すべて前と同じ繰り返しさ。ぼくはそんなことはすべきじゃないことは知っている。でもヤツがあの瞬間を一人で楽しむのを見るのはあんまりだ。許せない。いずれにしても…」

こう言うとエナは立ち上がって体を叩くと、最後に次のようにつぶやいて、洞窟の壁を突き抜けて中へ入って行った。

「おまえがいなくなって、寂しいよ」

立ち聞き

タイ子が住むことに決めた藍の仕事場の屋根裏部屋は居心地が良かった。今、タイ子はその天井の垂木の陰に隠れて、トーマスと藍の様子をうかがっている。二人の前に姿を現す前に、もう少し二人について知っておかなければならない。

最初の夜は、ちょっとした騒ぎだった。トーマスは藍の家族とずいぶん酒を飲んだようで、明け方近くに藍と家に戻って来た時は、よろよろと千鳥足だった。二人といっしょに藍の兄の栄治と叔父の武蔵がトーマスを抱えるようにして、酒の瓶を二、三本ぶら下げてついて来た。藍は急いで家に入ると、布団の用意をした。栄治と武蔵はトーマスの腕の下から顔を出して、トーマスを抱えていた。そしてトーマスの長い腕が二人の肩の上にだらりとのっていた。二人はトーマスの大きな体をありったけの力で、あえぎながら引きずっているのに、トーマスはどこ吹く風、ご機嫌で同じ歌を何度も何度も歌っていた。

むかし、タラの広間に
　魂の調べを響かせていた竪琴よ

栄治と武蔵もいっしょに歌おうとするが、歌詞もメロディーもついていけない。アルコールが入ったトーマスは知るかぎりのわずかな日本語をしゃべろうとするが、その場はますます混乱するのだった。

タイ子は屋根のすきまから三人が近づいて来るのを見ていたが、もう少しで家に着くというところで、トーマスの重みに耐えかねて栄治の足が折れ曲がり、三人は同時に地面にどさりと倒れた。三人は折り重なるように仰向けに倒れると、そのまま大声で笑い出した。

トーマスは「大丈夫、大丈夫」と言って、栄治と武蔵を押しのけて片足に体重をかけて立ち上がろうとしたが、またひっくりかえってしまった。

「ぼくの足首が痛い。足首がやられた。アシがカゲ、アシクビがカゲ」

栄治と武蔵は顔を見合わせて首を横に振るばかり。さっぱりわからん。

タイ子はくすくす笑って見ていたが、つい大声で笑ってしまい、あわてて口を押さえた。

栄治と武蔵はもう一度体勢を立て直し、トーマスを抱き上げて、やっとのこと家の中に引き入れ、藍が敷いておいた布団の上に寝かせる。やれやれこれでトーマスはおねんねだ。ところがあとの二人はというと、さっき飲んだのはほんの序の口。別の部屋に入って、もう少し飲もうということになった。

藍がトーマスの怪我に気づいて調べていると、布団の上に仰向けになっているトーマスはくすくす鼻をすすりながら言った。

「足は痛いけど大丈夫。でも心配なのは父さんと母さんのことなんだ。ぼくのことをおぼえていないみたいなんだよ。藍！」

「誰がおぼえていないの？」藍が聞く。

「ぼくの家族。母さんがぼくのことわからなかったんだ。ぼくが母さんに会った時、僕が誰だかまったくわからなかったんだ」

「たぶん、エナが二人のために仕掛けた魔法なんじゃない？」藍が言った。

「でもそれって悲しいことだよ。まるでぼくは一人ぼっちになっちゃったみたいだ」トーマスは鼻をぐずぐず鳴らしながら言った。

「きっとエナがあなたのご両親の安全のために考えたことなのよ。でもそんなふうに寂しがらないで。あなたにはいつだってわたしたちがいるじゃない。きっと明日になったらもっと元気になるわよ」

栄治と武蔵が飲んでいる隣りの部屋からガチャガチャ食器が鳴る音がした。

「わたし、あの二人がどうなったか見てくるわ。心配しないでおやすみなさい」藍はトーマスを一人残して、隣りの部屋の様子を見に行った。

タイ子は垂木の陰に隠れて、藍とトーマスの会話を聞いていた。タイ子はトーマスが眠ると垂木から下りて、部屋の中に入り、トーマスの上にかがみ込んでそっとささやいた。

「こんばんは。あたしはタイ子よ。あなたの力になるためにここにいるの。どうしてそんなに悲しいの？」

まどろみながら、トーマスがつぶやいた。

「ぼくの家族がぼくのことおぼえていないんだ」

タイ子はトーマスの頭を静かになでながら言った。

「まあ、そうなの。それは悲しいわね。どうしたのかしら」

「わかんない。ぼくは今朝、藍の家に行ったんだ。藍のおじいさんが怖くて、僕たちのこと信じてくれなかったんだ。どうしてぼくがここに来たか。それでそれをわからせるために、指輪をはずして姿を消してみせるしかなかったんだ。指輪をはずしたら、母さんの目の前に立っていた」

タイ子は目を大きく見開いて、座り直した。

「まあ、本当なの？　あなたアイルランドに戻ったの？」

「ほんの数秒だけどね。その時母さんに会ったんだ。うれしかったよ。ところが母さんはぼくが誰だかわからなかった。エナがアイルランドに戻るなと言ったのを思い出して、急いで指輪をはめて戻って来た。そしたらみんなわかってくれた。ぼくがどのようにして日本に来たか。おじいさんの博司はぼくを気に入ってくれた。アイルランドから持って来たウィスキーもね。でもぼくにはなぜ母さんが僕のことがわからなかったのか、わからない」

「あなたはアイルランドに行って、誰かと話して、それからウィスキーを持って来たのね」

「そうなんだ。そしてみんなと飲んだんだ」

「わかったわ。さあ、静かにしておやすみなさい。あたしができるかぎりのことをしてあげるから」

タイ子は立ち上がると、爪先歩きで部屋を出て行った。部屋の外に出ると、タイ子はドアに寄りかかって、口を手でおおうと、つぶやくように言った。

「このことは、エナに知らせなければ」

種

「実際にウィスキーが消えていたのよ。だからあたしが作りごとを言ってるんじゃないの」アーニャは棚の上を指さして言った。

「確かなんだな。おれはあそこにウィスキーがあったなんておぼえてないが」エアモンはそう言って首を横に振った。

「そうよ、確かよ。あたしははっきりおぼえているわ。夜も終わり近くなって、何人かの客にウイスキーを注いだのよ。その後、棚の上に置いたの。だれかがここに来たのは確かだわ。あたしは嘘をついてないわ。とっても不思議だけど」

エアモンは入り口のところまで歩いて行って、ドアを押したり引いたりゆすったりした。ドアにはしっかりと鍵がかかっている。エアモンは振り向いて言った。

「そうか。じゃあ、そいつはどんなヤツだったのかい？」

「若くて、すらっとしていて、いくぶん小柄だけど。赤い髪だった」

アーニャはその若者の様子を話しながら、なぜかまた言い知れぬなつかしさをおぼえた。

「わかった。まず明日の朝一番に、家じゅうのドアと窓に二重の鍵をつけよう。万一ってこともあるからな、用心に用心しすぎることはないからな」

エアモンは入り口の木枠の寸法を目で計りながら言った。

「そんなことする必要はないと思う。その若者は悪いことなんかしそうになかったし、変人っていう感じでもなかったから。この気持を説明するの難しいけど、なんていうか、例えば、前に会ったことがあるけど名前を忘れてしまった人のような、わかるでしょ？　その若者はエナという名前の人のことを話していた。そのうちエナが来て、何もかも話してくれるだろうって。それからお父さんはどこにいるか聞いたの。それであたしはますます何が何だかわからなくなってしまったの。そう思っているうちにその若者は突然いなくなったの。あたしの目の前から突然姿を消してしまったの。あちこち探したけど、いなかった」

エアモンはまだドアをつついていたが、突然振り返って、目をぐるっと回してアーニャを見た。

「だけどその男は変人って感じじゃないんだろう？　いずれにしてもみんな二重鍵をつけよう。用心に越したことはない。ところで犬は反応しなかったのかい？」

エアモンは部屋の隅に座っているテリア犬を指さして言った。

「みょうなヤツが入って来たら、知らせるのはおまえの役目だろう」

犬は立ち上がってじっと後ろを見ているが、シッポをうれしそうに振っている。エアモンはしやがんで犬の頭をなでてやると、小声で言った。

「どうやら、アーニャもウィスキーを飲んでいたらしい」

それからエアモンはテーブルの上に残っている皿を集めにかかった。

「さあ、最後の片づけをすまして寝ることにしよう。明日もまた忙しくなりそうだ」

記憶

エナがフィンの夢に最後に現れてから三日三晩たった。それでもフィンは同じ場所にずっと座って、窓の外を見つめている。その間、世界じゅうのありとあらゆる知識がフィンの頭の中を渦巻いていた。フィンは親指をかんで、考えを集中させた。フィンが考えを一点に集中させれば、確かにエナを捕まえる良い策略を思いつくかもしれない。そうなったら、あとは時間の問題だ。ブランとスキョロンはフィンの足元でうなり声をあげ、戸を開けて中へ入って来る者がいたら、誰であろうと跳びかかろうと身がまえていた。

フィアナ戦士団のもう一人の戦士で、フィンの友人のヂアムジが戸口の外でフィンの息子のオシーンと話していた。

「フィンは部屋の中で何をしているのかい？　ハイ・キングはどうしてフィンが今夜も食事をしに来ないのかって聞いてるよ」

オシーンは肩をすくめて言った。

「知らないよ。もう二度とフィンの邪魔をしたくない。昨日フィンの槍をドアから引っぱり出して、フィンを外に出そうとしたんだ。ところが部屋の中に足を踏み入れたとたんにブランが跳びかかって来て、すんでのところで手をかみちぎられるところだった。見てろよ、そのうち現れるから。外で待っていよう」

「だけど、フィンは家にこもって何をしているんだい？」

「ただ座って、窓の外をじっと見ているだけさ」

「それじゃ、おれはコーマック王になんて言ったらいいんだい？　ハイ・キングはおれがフィンの良い返事をもってくるのを待っているんだから」

「コーマック王には、フィンは考えごとをしていると伝えてくれよ。王さまをお喜ばせするにはどうすればいちばんいいか、一生懸命考えているんだってね。近いうちに必ず王さまのご相伴にあずかりに出かけて行くでしょうって、伝えてくれ」

オシーンは父のフィンが何を考えているのか、さっぱり見当がつかなかった。でも父があんなに真剣に考えているのには、きっと大切なわけがあるのだ。だから待たなければならないと思っていた。

ギアムジがハイ・キングのところに行こうとしていると、ドアが開いて、フィンが現れ、いきなり二人に向かって言った。

「馬に鞍をつけろ。今夜わしら三人には大切な仕事がある」

フィンはそう言うと、再び家の中に入り、ドアを閉めた。オシーンはギアムジにうなずいて合図をして言った。

「さあ、すぐに行動開始だ。フィンが出て来たらすぐに出発しなければならない」

「コーマック王には何て伝えよう？」

「さっきおれが言った通りに言えばいいさ。さあ、急いで。馬屋で待っているぜ」

オシーンがギアムジの背中を叩くと、ギアムジは急いで城のほうに走って行った。

フィンが中庭に出て来た時、オシーンとギアムジはすでに馬に乗って待っていた。ブランとスキョロンはフィンのすぐ後について来た。三人は門を出た。

「これから何をするのですか？」ギアムジが聞いた。

「犬の後に続け」フィンは馬に飛び乗り、三人は追跡を開始した。

三人は犬の後について懸命に馬を走らせ、数時間後に大きな森の入り口に来た。犬たちは、エナを逃がした男の手がかりが残る場所まで再びフィンたちを連れて来た。しかしその場所まで来ると、二匹の犬はあたりをぐるぐる回り続けるだけで、それ以上前進しない。オシーンはそれを見てフィンに言った。

「父上、においが消えていることがわかっているのに、どうしてまたここに来たのですか？」

フィンは馬から下りて、森に背を向けると、槍を地面に突き刺して、目の前に広がる風景をじっと見た。広い田園地帯には、家々の明かりが散らばって点滅している。

「においは消えたんじゃない。ただ、何かにおおい隠されただけだ。ここからその答えを探し出すのだ。わかるかな、オシーン。あの向こうに見える明かりのどれか一つの近くに、わしがほしい真実の鍵を握っているヤツがいるんだ」

フィンはヂアムジとオシーンに向き合うと、手を挙げて後ろに広がる田園地帯を指さして言った。

「あのチビの妖精に夢の中で悩まされるのはごめんだ。あいつがわしの夢に出てくることは金輪際ない。安心しろ、今夜こそ、どこのどいつがエナが逃げるのを助けたか、探り出してやる。今度罠を仕掛けた時には必ずあの生意気なチビすけを捕まえて、息の根を止めるのだ」

ギアムジは馬をフィンのそばに近づけて言った。

「わたくしはいつでもあなたのお供をします。それにしてもどこから始めたらよいのですか？あんなにたくさんの明かりがあるというのに」

フィンは槍を地面から引き抜くと、馬に飛び乗った。

「ブランとスキョロンはわしらをここまで連れて来た。だけどそれ以上進むことはできなかった。この三日間わしはそのことを頭の中で何度も何度も思い返していた。においというものは突然消えるはずがない。一度犬たちが追跡したにおいを消したり、犬の鼻に覆いをかぶせることなんかできないのだ。ここには何か魔法が働いているとしか考えられない。そこで問題は、なぜエナは魔法を使ったんだろうということだ」

フィンはしばらく話を止めて、手綱をしっかりと握り直した。

「エナは誰かをわしらから遠ざけようとしている。たぶんそれはエナにとって大切なヤツだ。そいつを守るために魔法を使ったんだろう。今夜わしはそいつを探し出そうとしているのだ。そいつを探し出して、そいつが誰であろうと、とことん問い詰めてエナのことを絞り出してやる」

「あんなにたくさんの明かりがあるから、全部調べるには数日かかるでしょう」オシーンが言った。

「かまわん。必要とあれば一軒一軒たずねて歩くこともいとわない。だがまずは人が大勢集まるところから始めよう」

フィンはクックハウスのほうへ馬を走らせ、オシーンとヂアムジが後に続いた。


そのころクックハウスでは、アーニャが常連客の間を大忙しで走り回っていた。客たちはいつものように大声でしゃべりながら、飲んだり食べたりしていた。フィンの一行が戸口の外に現れた時、中の者たちは誰も気づかなかった。フィンは中の様子を見て、馬から急いで下りると、ヂアムジとオシーンに小声で指示を出した。

「ヂアムジ、ドアのそばに立って、中のヤツらが騒ぎを起こして逃げ出さないように見張っていろ。オシーンはわしといっしょに中に入って一人一人尋問を始めるんだ。見張りをぬかりなく。そしてわしの指示通りに動け」

フィンは足元から棒切れを拾うと、その先に馬のために用意しておいた干し草を巻きつけた。それからヂアムジが馬の鞍にくくりつけていた携帯用の鉄製のウイスキーの瓶から、干し草の上にウイスキーを流した。オシーンはポケットから火打石を取り出すと、刀の刃に打ちつけて火をおこした。火花が干し草に燃え移り、オシーンが息を吹きかけると赤々と燃える松明になった。

フィンが松明を掲げ、オシーンを伴って、クックハウスの中に入って来ると、客たちは驚いて二人を見た。フィンが大きな声で言った。

「どうか、座ったままでわしの言うことを聞いてくれ。数日前、わしはハイ・キング、コーマック王から頂戴した罠を仕掛けた。エナという名のいたずら者のレプラコーンを捕まえるためだ。わしらはこのあたりにエナが出没すると聞いたから、知るかぎりの妖精の塚の近くに罠を仕掛けた。この罠は目に見えないが、妖精が近づくと錠がかかる仕掛けになっている。一つの罠の錠が下りていた。つまりそれはエナか同じような妖精が罠にかかったということだ。しかし次の日その場所に行ってみると、罠は見えるが檻の入り口の戸が開いていて、中は空っぽだった。その檻の戸は中から開けることはできないから、誰かが外から戸を開けたのだ。それがどこのどいつか、わしはそれを突き止めるためにここに来た」

アーニャはレプラコーンの名を聞いて、唇をきっと結び、眉を指でなでた。フィンはさらに二、三歩進むと、続けて言った。

「おまえたちの中で、誰か檻の戸を開けた者がいたら、今すぐ名乗り出てくれ。そうしたら許してやろう。あるいは誰か怪しい者がいるとか、何かおかしいことがあったと思う者がいたら教えてくれ。今が知っていることを吐き出すチャンスだ。後になって隠していることがばれたら、その時はもう許しはしない。さあ、誰か言うことはあるか」

エアモンはホールの客たちが急に静かになったので、不思議に思って台所から出て来た。ちょうどフィンの話が終わろうとしていた。客たちは頭をテーブルの下に突っ込んで、周りをきょろきょろうかがっている。エアモンは何か言わなければと思った。

「フィン、何て言っていいかわからないが、おまえさまも、ここにいる仲間たちも長い間うちのお得意さんでいてくれて、本当に感謝している。でも残念なことだが、その魔法の檻についてはまったく知らないんだ。最近何か変わったことと言えば、かみさんが二、三日前の夜に、知らない若い男が店に入って来たのを見た。そいつはどうやら棚からウィスキーの瓶を盗んで行ったらしい。おれが知っているのはそれだけだ」


エアモンがこう言ったとたん、アーニャは心臓がどきどきして、誰かが引き金を引いたように呼吸が苦しくなった。誰かがあの見知らぬ若者のことは言ってはいけない、と言っている声がする。フィンがアーニャのほうを向いて、その若者のことをもっと詳しく聞こうとした時、他の客たちが同時に話し始めた。

「うちの山羊が二匹いなくなった。だけど今朝になって森の中をうろついてるところをおれと息子たちで見つけたよ」一人の老人が顎からビールを垂らしながら言った。

「昨日、うちの犬のヤツらが一晩じゅうずっと鳴いていた。きっとバンシーの声を聞いたんだろう」別の男が自分のテーブルに座っている仲間たちに訴えるように言った。

フィンはみんなの話を黙って聞いていたが、それには答えずに、アーニャに視線を戻して言った。

「その見知らぬ若者のことをもう少し話してくれ」

アーニャは唇をゆがめ、両手を激しくこすっている。フィンはアーニャをじっと見つめて、答えを待った。

「特に特徴があるというわけでもない、普通の若者でした。べつに悪いことをしようというふうではありませんでした。あの子はあなたさまが言うレプラコーンとは関係はないと思います」

フィンは大きく目を見開いて言った。

「どうして悪いことをしようとしていなかったって、わかるんだ？　ヤツは突然入って来て、ウイスキーを盗んだんだろう。そんなヤツに夜遅く会って怖くなかったのか」

アーニャは食堂の真ん中に立っていた。みんながアーニャを囲んで、じっと見ている。アーニャは何か言わなければならない。

「そうね、よくわからないけど、最初はちょっと怖かったと思います。でも何かその子はあたしに悪いことをしないような気がしたのです。何かわけのわからないことを言って、それからウイスキーを持って出て行きました」

「そいつは誰かのことを話さなかったか？　たとえばエナとか。戸を打ち破って入って来たのか。

どうやって出て行ったんだ？」

フィンが矢継ぎ早に問いかけるので、アーニャはどうしたらいいのかわからずに、体を震わせていた。

「誰かの名前を言ったかおぼえていません。わたしがよそ見をしている間にいなくなってしまったのです。本当にどうやって入って来て、そして出て行ったかわからないのです。知らない間にいなくなっていたから」

エアモンはアーニャが動揺しているのを見て、代わりに答えた。

「ちょっと変わったヤツだったと思います。アーニャのことを母さんなんて呼んでいたようです。それからウィスキーをつかむと行ってしまった。本当のところ、夜は更けていたし、おれたちはひどく疲れていました。しかしそいつは確かに突然姿を消していた。信じられないことだけれど、おれはその後、ドアも窓も全部調べたけれど、どれもしっかり鍵がかかっていた。あいつがどうやって入って来て、出て行ったのか、いまだにわからないのです」

フィンはうなずいて、振り向くと松明を手にしたまま、入り口のほうへ向かった。そして外に出る前に、もう一度部屋の中を見て言った。

「邪魔して悪かったな。もっとほかのことがわかったら、知らせてくれ」

フィンは小屋を出る時に、ギアムジに何か耳打ちして、それから小屋から少し離れたところに歩いて行った。オシーンはフィンの後にぴったりとついて歩いた。

三人が出て行ってしまうと、クックハウスの中にはまたおしゃべりが戻って来た。客たちは思い思いに食べたり飲んだりし始めた。

フィンはしばらくクックハウスの前庭に黙って立っていたが、頭の中にもやもやと湧き出した疑いをはらそうと、親指をかんだ。それから松明を持っている手をできるだけ遠くまで伸ばすと、クックハウスの藁ぶき屋根に向かって松明を投げようとした。オシーンはあわてて走り寄ると、その手を押しとどめて言った。

「父上、何をしようとしているのですか。この人たちは何もしていないではないですか」

「わしの手から離れろ。おまえは家の後ろに回って、裏口から出て行こうとする者がいたら捕まえて連れて来い。誰一人逃がすんじゃないぞ。今後二度とわしの言うことに口出しするな」

オシーンは父に向かって一礼すると、クックハウスの裏手へ重い足取りで歩いて行った。

オシーンが行ってしまうと、フィンはクックハウスの屋根に向かって松明を投げた。あたりは冷たい夜風が雨粒を運んで来ていたが、火を消すほどのことはなく、松明の火は藁屋根に燃え移り、あっという間に火の海になった。煙が風に吹かれて渦巻きながら空に昇って行く。炎はすぐに屋根を通ってクックハウスの中に入って行った。小屋の中から人々が咳をする声や、「火事だ、火事だ」と叫ぶ声が聞こえてくると、ヂアムジは全身に力をこめて、身がまえた。

エアモンは機敏に動いた。ありったけのバケツに水を汲んで来て火にかけたが、火は少しも衰えず、なすすべもなかった。エアモンの家であり、暮らしを支えてくれていたクックハウスが目の前で崩れ落ちていく。エアモンは歯ぎしりしながら、壁にかかっていた飾り刀を引き下ろすと、しっかりと握りしめた。

「みんな急いで外に出るんだ。持ち物は置いて、早く出るんだ」

エアモンはアーニャの安全を確かめると、二人はいっしょになって、客たちを安全な場所に誘導した。

戸口の外では、燃えさかる家を背に、フィンがそびえるように立って、出て来る客たちをじっと見返していた。みんな燃えさかる家を遠巻きにして立つと、いったい何が起こったのだろうと問いかけるように、たがいの顔を見合わせた。エアモンは戸口のそばに立つフィンを見た時、これはフィンのしわざだとわかった。

エアモンは、フィンは自分が太刀打ちできる相手ではないことを知っていた。それでもフィンに向かって言った。

「いったいどうしてこんなことを？　おれたちは長い間ずっとおまえさまたちにできるかぎりおいしい料理を出してきたのに。どうしておれたちの家を焼いて、暮らしをめちゃめちゃにしてしてしまったんだ？」エアモンはフィンに返答を迫った。手にはまだ刀を握っていたが、そのことはすっかり忘れていた。

突然、ヂアムジが後ろから盾の端でエアモンを叩いた。エアモンは気を失って倒れた。アーニャが泣き叫びながら夫に近づき、その体に触ると、すでに冷たかった。アーニャはエアモンにおおいかぶさるようにして、大声で泣いた。涙がとめどなく頬を伝った。

ヂアムジはアーニャをエアモンから引き離すと、エアモンが握っていた刀を取り上げ、その刃をエアモンの首すれすれのところまで持っていった。フィンが大声で言った。

「アーニャ、おまえはうそをついた。本当に知っていることを言え。正直に白状しないと、夫を叩き殺すぞ。いいか、これはただのおどしじゃない。本当にエアモンの首を切り落とすぞ」

周りで見ている者たちが息を呑んだ。

「本当のことを言いました。知らない男が訪ねて来て、そしてすぐにまた消えてしまったのです。ウィスキーを持って。なぜだかわたしにはわかりません」

フィンがヂアムジに合図すると、ヂアムジは刀を振り上げた。

「いいか、これが最後のチャンスだ。思い出すんだ。さもないと夫は死ぬぞ」

「もうこれ以上何も…。ちょっと待って！　その男は何か名前を言っていた。確かエナ。そう、エナって言ってました。本当です」

ギアムジは刀を振り下ろした。しかしその刃がまさにエアモンの首に命中しようとした時、アーニャが叫んだ。

「待って、あたしたちには息子がいるの。あの若者はあたしたちの息子だった」

第二幕

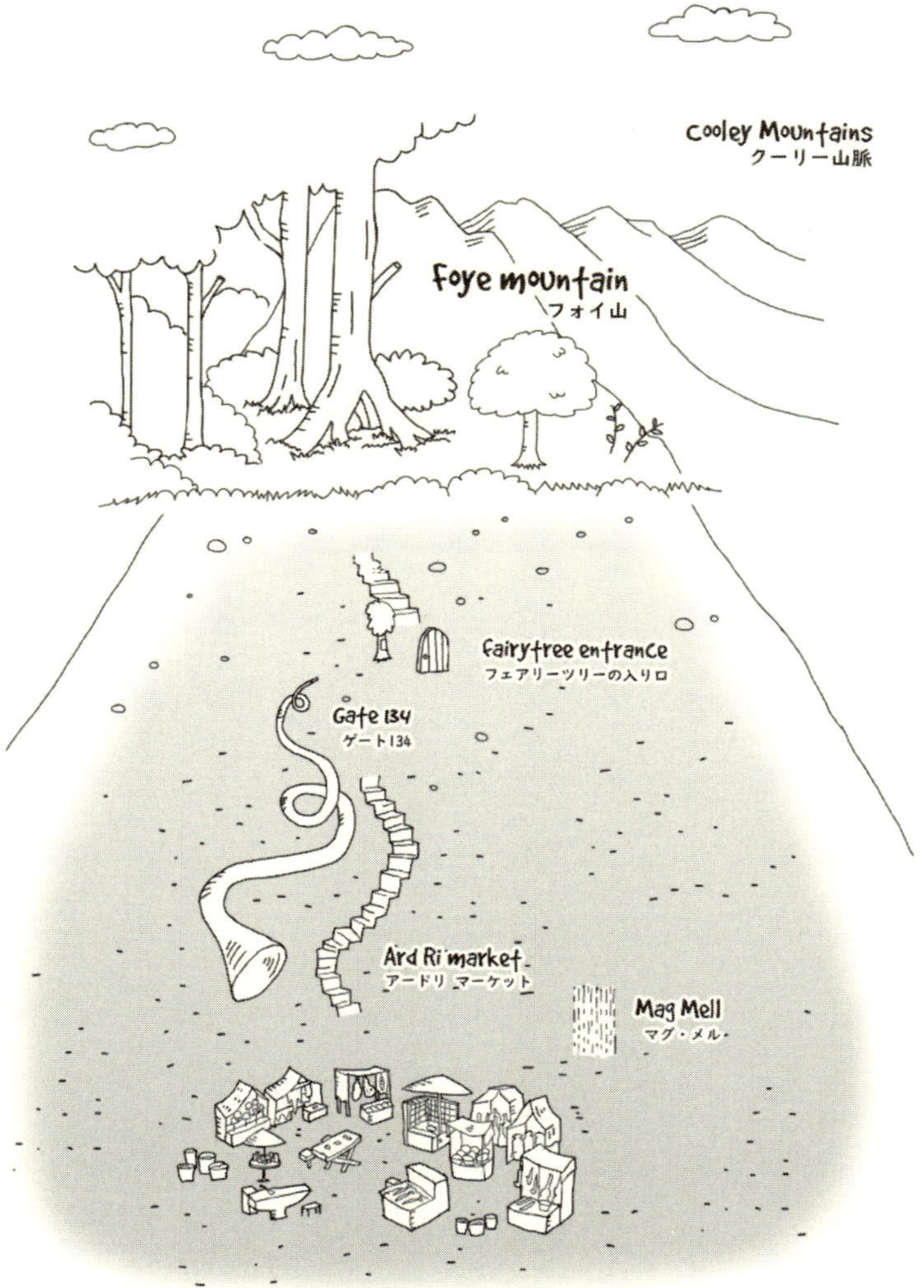

アード・リー市場周辺の地図

あるレプラコーンの暮らし

「おい、物を投げるのをやめろ。そんなことしても、ちっともおもしろくないぞ」

エナは笑いながらフォイの中に入って行った。ここはアイルランドの北東部沿岸にあるスリーブ・フォイ、またはフォイ山脈の奥深くにあるレプラコーンの故郷で、大勢のレプラコーンが集まってにぎやかに暮らしている。この山のフォイという名は、今でもアイルランドじゅうのすべてのレプラコーンの上に立つ、妖精王ブライアン・オー・フォイにちなんでつけられた。

エナが洞窟の壁を突き抜けると、そこは騒がしいほどに活気あふれるアード・リー市場である。ここは各地からやって来たレプラコーンがそれぞれの商売に励んでいるところで、それはもう大混乱だ。靴屋に彫金師、かじ屋に革職人、帽子屋に楽器職人、タバコ売りにパイプ売り、魚屋に肉屋、ビール醸造者にウィスキー製造者、それにありとあらゆる物売りが毎日のようにやって来る。しかもこれがもう何千年も続いているというのだから驚きだ。市場はじつに騒がしい。物を売り買いする者、ただのひやかしにやって来る者などさまざまだが、みんな大声を張り上げている。

レプラコーンは死なないというが、そんなことはない。ただとても長生きなのだ。本当のところは定かではないが、どうやら五千年から一万年は生きるらしい。その寿命は生涯にどれだけのビールやウィスキー、それにタバコがのどを通ったかによるのだそうだ。

レプラコーンは一般には、妖精の塚、または丘と呼ばれるところに住んでいるが、それはマグ・メル、すなわちあの世への入り口付近にある。この入り口はこの世とあの世の境にある玄関のようなもので、死んだ人の魂がこの世に別れを告げて旅立つ時に通る門なのだ。はっきりとは言えないが、この門の近くに住み、あの世の近くにいるということが、レプラコーンが超自然的な力をもち、長生きすることと関係があるらしい。

それぞれのレプラコーンは独自の職をもっているが、それは自分が選んだ仕事ではなく、ふつうは先祖代々受け継がれてきたものなのだ。だからどのレプラコーンも一族が何千年も一つの仕事につぎ込んできた情熱に誇りをもっている。さらにまた、何千年も一つの仕事に心血を注いできた彼らは、その独自の術に魔法を吹き込むことにも、創意工夫をこらしてきたのだ。その一つの完璧ともいえる例が、「知恵の鮭」の誕生である。

むかし、一人の魚売りがブライアン王の六千年目の誕生日に、特別なご馳走を贈りたいと考えた。そこで彼らの祖先が代々伝えてきた秘伝の魔法を使って、一匹の鮭に世界じゅうの知恵を注ぎ込んだのである。ブライアン王はこの特別な贈り物に心を打たれたものの、このようにして世界じゅうの知恵を軽々と手に入れていいものかと考えた。世界の知恵というものは、自らが長い人生の間に経験することによって手に入れるのが一番だと思っていたからである。そこで王はその鮭を自然界に戻すべく、近くを流れる川に逃がしてやった。その鮭がたまたまフィン・マックールに捕まることになったのである。

エナの一族は代々名の知れた楽器職人だった。アード・リー市場のはずれにある小さい工房に住んでいた。エナは今、そこに帰るところだ。数日家を留守にしていたが、少し落ち着いたので、家に帰り本来の仕事に戻りたくなったのだ。エナは音楽が大好きだった。この工房で楽器を作ったり、さまざまな魔法の力をもつ楽器を演奏していると、心の安らぎを感じるのだった。

「おまえを連れ戻してやる。わしの言うことを忘れるな」フィネガスが大声で言った。フィネガスは年老いたウィスキー製造者で、市場の入り口のすぐ隣りに店があった。エナが洞窟の入り口から焼け焦げた石を壁に向かって投げていた相手はフィネガスだったのだ。

フィネガスはエナの家族のむかしからの友だちで、エナの両親が失踪してしまってからは、叔父のようにずっとエナをみてくれているのだ。フィネガスはレプラコーンの中でも年寄りのほうで、もうすぐ一万歳になろうとしていた。いつもタバコをふかしていて、長い灰色のひげの間から煙が出ていた。そして手にはいつも自分が造ったウィスキーの入ったマグカップを持っている。ウィスキーに魔法を混ぜ入れることに生涯をかけてきたレプラコーンのなれの果ては、つまるところ自分の造ったウィスキーと魔法の混合物をたくさん味見しなければならなかったということで、フィネガスはウィスキーを造るよりも毒見をするほうに専念するようになった。フィネガスのウィスキーはどのような味になるかまったく予想がつかないため、若者や冒険好きな者たちが、フィネガス・ウィスキーを求めて遠くからわざわざフォイまでやって来るようになった。ウィスキーの風味もアルコール分も瓶ごとに違うだけでなく、それぞれの魔法の効果もさまざまなのだ。エナはフィネガスはわざと予想のつかないブレンドを造って楽しんでいるのではないかと思うこともしばしばだ。エナは若い時、ひどい目にあったことがある。ある時ウィスキーにしゃっくりの魔法がかかっていたのだ。とても甘みのある喉ごしのなめらかなウィスキーだったので、一瓶を一回の食事で空けてしまった。その結果、五年間ずっとしゃっくりに悩まされることになったのである。


「ただいま、フィネガス。だけどフィネガス・ウィスキーは金輪際飲まないからね」

エナはフィネガスに笑いながら話しかける。

「ぼくが最近誰に会ったと思うかい？　タイ子だよ。おぼえているだろ？」

フィネガスのむっつりと皺を寄せた額に、一瞬笑みが走る。

ずいぶんむかしのことだけれど、タイ子がアイルランドの音楽と踊りに夢中になって、フォイにやって来たことがあった。ある日、フィネガスとエナの父がかなり酒を飲んでご機嫌になっているところに、タイ子が通りかかり、タップダンスの靴を作ってくれといった。フィネガスは笑って、タップシューズは靴屋の仕事で、楽器職人の仕事ではない。タップシューズを作るのには大した技術は要らないから、と言った。これを聞いたエナの父はタップシューズを作ってやろうじゃないかと見栄を張ったのだ。ところがどうしたわけか、できあがった靴は片方しかタップの音を出さなかったのだ。タイ子は片方のタップシューズだけを持って帰った。タイ子はとても礼儀正しい日本の妖精で、そのことを誰にも話さなかったから、誰も知らなかったのだ。ところがある時、タイ子がエナの父のところにやって来た。

「あいつ、『こんばんは、もう片方のタップシューズ作っていただけるかしら』って言ったんだよな」

エナとフィネガスはその時のことを思い出して、大声で笑った。

それからエナはフィネガスの肩を軽く叩くと、さよならを言って、市場を通り抜け、自分の工房のほうへ歩いて行った。

ウナ

ウナの話をするために、ここで時計の針をコーマクック王の父、アート・マック・クイン王の時代まで戻さなければならない。

ある日、エナが家に帰ると、荷物の束が入り口に立てかけてあった。荷物の中身は楽器と、その修理や調律などを頼む依頼書だった。エナは忙しくしているのが好きだ。そうしていると雑念から解放される。包みをいくつか小脇に抱えると、かがみこんで鍵穴から中に向かってささやいた。

「ウナ」

その声に応えて、錠がはずされ、ドアが開いた。ドアの中は思いのほか狭く、細い廊下が続いていたが、廊下を通り抜けると、突然広々とした部屋に出た。そこは工房で、いく段もの階に分かれていた。壁にはたくさんの棚が取り付けられ、教則本、楽譜、さまざまな魔法の極秘の資料であふれていた。それぞれの階は楽器ごとに分けられていて、フィドル・コーナー、ホイスル・セクション、バウローン・セクションなどがあった。バウローン・セクションには小さい机とベッドがあった。もっと大きい楽器、例えばハープやイーリアン・パイプスやティンパンは、部屋の中を浮遊していた。それはまるでそれぞれの楽器が回転する大きな車輪についているフックにぶら下がって、たがいに調和を保ちながら動き回り、修理の順番を待っているように見えた。
エナはバウローン・セクションまで行くと、抱えていた荷物を机の上に置いた。机のそばの壁には、茶色の皮のフレームに入った油絵がかかっていた。絵の中のエナはバウローンを手に、いつもの生意気な笑みを浮かべて、かっこうよく立っている。その隣りには長い金髪の愛くるしい少女が、フィドルをしっかりと肩にのせ、エナとは別の方向を向いて立っているが、その視線はエナを見返している。その目にも兄と同じような不敵な笑みが浮かぶ。この少女の美しさはたとえようもなく、見たものをとらえて放さない。

世の中には女のレプラコーンは存在しないという間違った考えをもつ人たちがいるが、こんな話を聞くたびに、アイルランドの巨人たちは、いったいそれじゃあ、このチビのいたずら者の妖精はどうやって生まれてきたのだろうと考え込んでしまうのだ。そのような疑問に答えるのは簡単なことで、つまり、男女のレプラコーンには生理的な違いがあるからなのだ。なぜか、男のレプラコーンはいたずら好きの遺伝子をもって生まれ、いつもいたずらをしたり、騒ぎをおこしたりせずにはいられないのだ。ところが一方、女のレプラコーンはそんなことには少しも興味がない。だからいつもいたずらに飢えている男のレプラコーンは外に出て行き、危険な目にあうことになるのだが、女のレプラコーンは、誰も外に出て行くことを引き止めはしないけれど、いつも塚の中に引きこもって、外の危険からは隔離されて暮らすのが好きなのだ。

ウナはエナの双子の妹だ。二人はどことなく似ているが、ウナは長い金髪を腰の下まで伸ばし、その青い目は笑うといっそう輝きを増す。ウナの音楽に対する情熱も兄にひけをとらないが、ウナのお気に入りの楽器はフィドルだ。アード・リー市場で育った二人のまれに見る音楽の才能は、成長するにつれて市場の人々に楽しい一時を提供するようになった。音楽は二人の体の骨の髄までしみ込んでいて、小さい二人が奏でるみごとなハーモニーに、市場につどう者たちは酔いしれるのだった。二人が演奏を始めると、あたりは突然しーんとなり、みんな耳をすますのだ。

この二人には、もう一つの楽しみがあった。エナは小さい時からちょっとしたいたずらを働くのが大好きだった。ウナなそんなことには興味はなかったのだが、大好きな兄といつもいっしょにいたいばっかりに、兄のいたずらの片棒を担ぐことになってしまうのだ。子どものころは、二人の悪さはおもにフィネガスに向けられていた。靴の中に爆竹を入れたり、臭いにおいのする虫を家の中に連れ込んだり、物が二重に見えるようになる薬をウィスキーの中に入れたりしたが、フィネガスは少しも騒がず、まるで天使のように忍耐強く我慢していたのだった。しかしそんなふうに見えたが、じつはフィネガスは彼独特のやり方で仕返しをしたのだ。それがあのしゃっくりを吹き込んだ酒のプレゼントで、二人が　成人になった千八百回目の誕生日のお祝いに贈ったのだ。

二人の両親がいなくなったのは、この誕生日のすぐ後だった。両親の失踪についてはいろいろ取り沙汰されたが、本当のところは今もってわからない。二人の母親と父親は、ある日楽器をアイルランドじゅうの依頼者に届けるために、フォイをあとにしたのだが、そのまま帰って来なかった。この謎の失踪は幼い二人のレプラコーンを打ちのめした。二人は孤児になってしまったのだ。フィネガスもまた心の奥に強い衝撃を受けた。この年老いた独り者のレプラコーンは、最愛の友をなくしたのだから。

目を光らせていた両親がいなくなったこのころから、エナの好奇心はフォイの外に向けられるようになった。最初はこっそり出かけて行って、フォイの外とはいえ、ごく近くにある家に忍び込み、フィアナ戦士団の巨人たちの話に耳をかたむけるくらいだった。アイルランドでは、おもしろい話の中心には必ずフィアナ戦士団の誰かが関わっていた。こうしてフィアナの戦士の話を聞くうちに、エナはフォイのあるクーリー山脈からずっと離れたところまで足を伸ばし、フィアナの戦士たちの話をもっと聞きたいと思うようになった。

フォイの外の冒険から戻って来ると、エナはきまってウナのベッドの端に腰かけて、見て来たことを話すのだった。

「ウナ、いっしょに来いよ。タラは本当に美しい町だよ。ぼくたちの市場と似ているけど、何もかもがずっと大きいんだ。すばらしいぜ」

ウナは今までに一度もフォイを離れたことがなかった。離れたいとも思わなかった。毎晩エナの話を聞くだけで、十分楽しかったのだ。

「あたしここがいいのよ、エナ。それにあたしたちにはたくさんの注文や、依頼が来ているでしょ。だから誰かがそれをやっていかなければならないわ」

エナは目を大きく見開いてウナのベッドから立ち上がると、しばらくウナから目をそらし、部屋の中を見ていたが、言った。

「みんな待っててくれるさ。だってほかにどこに行くと言うんだい？　このフォイには世界じゅうのナンバーワンとナンバーツーがいるんだよ」エナは笑いながら、ナンバーワンと言って自分を、ツーと言ってウナを指さした。

「そんなふうに考えるのは間違ってると思う」ウナは言った。

「そうかもしれない、でもねえ、ウナ。タラの楽器は本当に大きいんだよ。ぼくはこの目で見たんだ。形はぼくたちのと似ているけれど、ずっと大きいんだ。形は貧弱で、面白味はないけどね。悪いこと言わないから一度だけぼくといっしょにおいでよ。あの堂々としたフィアナの戦士を見るだけでいいから。そしたら次の週にはぼくが全部の修理をしてやるよ。どうだい？」

ウナはしばらくじっとエナの顔を見ていたが、笑いながらうなずいて、ベッドの上で寝返りを打って言った。

「じゃあ、今度の週末ね。おやすみなさい」

エナは大声で笑うと、飛び跳ねて言った。

「ぜったいに後悔しないから。明日は仕事に打ち込んで、きりがついたら行こう」

ああ、どうしよう

タイ子は藍の仕事場の屋根裏部屋に隠れている。布団の上に座っていたが、唇をかみ、額に下がる髪の毛を払いのけると立ち上がった。それからしばらく行ったり来たり歩いていたが、考えがまとまったようで、手を大きく振って言った。

「エナに知らせなければ。でもそうするには方法は一つしかない。トーマスが指輪をはずして、あたしといっしょにアイルランドに帰るしかないの。でもそうしたら状況がもっと悪くなるかしら。トーマスが帰ったら、エナを助けたのはトーマスだとフィンがわかってしまうかもしれない。

そうしたらどうしよう。でも、何かしなければ」

タイ子は一晩じゅうあれやこれや考え続け、気がつけばあたりは明るくなっていた。行動を開始しなければならない。タイ子は大きく息を吸うと、天井の羽目板を持ち上げて、トーマスと藍が寝ている部屋に跳び降りた。

トーマスはいびきをかいて寝ている。昨夜の酒の酔いからまださめていないようだ。藍のほうは床の上を歩く軽い足音に気づいたようで、身じろぎしてから、ゆっくりと目を開けた。その時、枕元に立ってじっと藍を見下ろしているタイ子を見た。

「エーッ！」藍は布団を払いのけ、トーマスを肘で突いて立ち上がった。

「トーマス、起きて。いったいあなたは誰？」

「怖がらなくていいの。あたしはタイ子、エナの友だちよ」

トーマスは目をこすりながら、タイ子を指さして言った。

「この着物を着ているちっぽけな女の子は誰だ？　藍、きみもぼくと同じものを見てるのか？」

「そうよ。あたしは本物のザシキワラシ、エナのむかしからの友だちなの。あたし、昨日起こったことを知らせるために来たの。とてもだいじなことなの」

「ザシキなんだって？」トーマスは藍のほうを見ながら言ったが、まだもうろうとしているようだ。

「本当なの？　あなたここに住んでいるの？　どうしてエナを知っているの？」藍が言った。

「あたし、この二、三日この家に住んでいるの。トーマスが初めて日本に来た時、エナがあたしのところに来て、あなたたち二人のところに住んで守ってくれって言ったの」

「何だって？　ここには住めないよ」トーマスは額に皺を寄せて言った。

藍がトーマスをなだめるように言った。

「トーマス、これはすばらしいニュースだわ。ザシキワラシが家に住むのは名誉なことなの。わたしたちラッキーだわ」


タイ子は自信なさそうに言った。

「そうだといいけれど。でもじつは困ったことが起きて、そのことをあなたたちに知らせに来たの。トーマス、昨日の夜、あたしと話したのおぼえている？」

トーマスはちょっと考えてから言った。

「うーん、じつはぼく、昨日のことはあんまりおぼえていないんだ」

「昨日あなたはこう言ったのよ。あなたは藍のおじいさんにあなたが言っていることを信じてもらうために、ちょっとの間指輪をはずしてアイルランドに帰り、お母さんと話をして、それからウィスキーを持って帰って来たって。ここが問題なの。エナはあなたがいなくなった後、あなたのご両親にイルージョン・スペルという魔法をかけて、あなたの記憶を潜在意識のずっと奥深くしまい込んでしまったの。フィンに起こったことを知らせないようにするには、こうするしかなかったの。でも、あなたがお母さんと話して、ウィスキーを持って来たことで、お母さんの心に記憶を取り戻す手がかりを残して来てしまったかもしれないの。トーマス、あなたはあたしよりフィンのことをよく知っているから、それがどんなに危険なことかわかるでしょ？　あたしはよくわからないけれど、このことをエナには知らせなくちゃいけないと思うの。そのための方法は一つしかない。でもそれはとっても危ないことで、場合によってはもっと悪いことになるかもしれない」

タイ子の話を聞いたトーマスは今ではすっかり目を覚まして言った。

「フィン・マックールは信じられないほどの策略家なんだ。頭の中はいろんな考えでいっぱいだ。ちょっとでも手がかりを見つければ、その考えと結びつけて、事の真相を解き明かしてしまう。ああ、ぼくは馬鹿だった。指輪をはずすべきじゃなかったんだ。どうやってエナに知らせたらいいだろう」

タイ子は数歩前に進んで、トーマスの足元に立った。トーマスの膝にようやく届くほどの背の高さだ。それからタイ子はトーマスの指輪を指さして言った。

「もう一度指輪をはずすしかないわ。でも今度はあたしが行ってあげる。指輪の力はとても強いの。あなたが指輪をはずす時、会いたい人とか行きたいところを思い浮かべるだけで、必ずそこに連れて行ってくれる」

タイ子は藍のほうを向いて言った。

「あなたはここにいるのがいちばんいいと思う。トーマスとあたしが戻った時、二人を迎えてくれる安全な場所が必要なの。エナに会えて、お母さんにもう一度イルージョン・スペルをかけてくれるといいんだけど。そしたらあたしたちもここに戻って来て、何もかもうまくいくと思う」

藍はまだ驚きがおさまらず、口に手を当てたまま立っていたが、タイ子の言葉にうなずいた。

タイ子は再びトーマスを見て言った。

「クーリー山脈を知ってる？　タラの北にある、大きな森の向こうの」

「うん、子どものころに何度も行ったことがある」

「それはいいわ。その中のフォイ山を頭に描いてほしいの。あなたが行ったことのある山よ。指輪をはずす時、その山をずっと思い出していて」

タイ子はトーマスの片足をしっかりつかんだ。トーマスは目を閉じて、子どものころ父とその山にハイキングに行った時のことを思い出し、指輪をゆっくりとはずした。

たった一人の夕食

　コーマック・マック・アートは今夜も一人ぼっちで食事をしていた。がらんとした大ホールには、コーマックがむしゃむしゃと豚の足を食べる音や、ビールを流し込む音がうつろに響いている。げっぷをすると、口元を手の甲でふいてから、大声でお供の兵を呼んだ。

「おい、いったいぜんたい、ギアムジ・オー・ドゥヴネのヤツはどこに行ったんだ？　ヤツを探し出して、何が起こったのか聞き出してこい」

「かしこまりました、王さま」若い従者はお辞儀をすると急いで振り向いて、ホールから出ようと扉を開けた、その瞬間、ホールに入ろうとしているギアムジと鉢合わせしそうになった。

　従者はほっと息をついて、すれ違いぎわにささやいた。

「王さまはあなたさまを捜して、何が起こっているか聞き出してくるようにとわたくしにお命じになったところです」

　ギアムジはハイ・キングに近づくと、片膝をついてお辞儀をして言った。

「遅くなって申し訳ありません、王さま。フィンは深く考え込んでおりまして、直接話しかけることができませんでした。かたわらにオシーンがおりましたので尋ねましたところ、フィンは何か心に重くのしかかることがあるようで、それは何やら王国の繁栄と関わりのある重要なことらしい。フィンはどうやら、それがあなたの王国の脅威になることかどうかを見きわめるまでよく考えようと、自らに誓ったようなのです。オシーンは、きっとただの取り越し苦労だろうから、あなたには心配しないように伝えてくれと申しておりましたが、いずれにしても残念ながら、今夜も夕食のご相伴はできないと思います」

コーマックは両肘をテーブルについて両手で金の盃の首をしっかり握っていた。ヂアムジが話す間、じっとビールの泡を見ていたが、盃にほんのかすかの割れ目があり、そこからビールがテーブルにしみ出ているのに気づいたようだった。

「そうか、そなたは直接フィンと話はしなかったのだな」

「はい、その通りでございます。じっと考え込んでおりまして、ブランとスキョロンがわたくしが邪魔をしないようにじっと見張っておりました」

コーマックは長い間フィンの知恵を高く評価していた。自分の王国にこのように戦略に秀でた頭脳の持ち主がいることは、どんなにありがたいことか十分に知っていた。実際に今まで何度フィンの忠告のおかげで、敵の恐ろしい策略を瀬戸際で食い止めることができたことだろう。しかし、フィンと最後に夕食をともにしてからすでに七日もたっている。フィンの名声や地位がいかに高くても、アイルランドのハイ・キングからの誘いを断るのは礼儀に反することだ。フィンはそんなことは百も承知のはずだ。それにもかかわらず食事の誘いを断り、しかもその理由を直接言わないとは、ますますもって無礼なことだとコーマックは思うのだった。一方コーマックは考える。自分は王だからといって世の中のことをすべて知っているわけではないが、四十年間も王座についていると、わかることがあるのだ。その直感から、今回はヂアムジの言っていることは明らかに真実ではないと悟った。コーマックはテーブルにこぼれた酒をふき取ると、手を振って、ジアムジに退散していいと合図した。

「王さま、恐れ入ります」そういうとヂアムジは軽く会釈をして、急いでホールを出て、馬屋で待つオシーンと合流するために城をあとにした。

地下牢へ

「ヤツら二人の手を縛れ。これからタラに戻るが、わしらの後について来させるのだ」

フィンは馬上からオシーンに向かってロープを投げた。フィンとヂアムジは馬の鞍に座っており、その足元にエアモンとアーニャが倒れていた。オシーンは二人の手を縛ると、立ち上がらせ、ロープのもう一方の端をギアムジのサドルに結びつけると、自分も馬に飛び乗った。

「わしはこれからこの二人を、わしらに刃向い、秘密を隠していた容疑で、アイルランドのハイ・キング、コーマック・マック・アートの名のもとに、囚人としてタラに連れて行く」こう言うとフィンは、黙って立ちすくむ大勢の村人に背を向けた。村人はいったい何が起こったのだろうかとあっけにとられているが、その背後では焼け落ちたクックハウスがまだくすぶっていた。

「ヨーッ！」ギアムジはかけ声とともに馬の脇腹を蹴った。アーニャとエアモンの腕は結びつけられた綱がピンと張ると、がくがく揺れた。こうして二人は綱に引っぱられて、タラへと向かった。


首都のタラでは、コーマック王はまだ酒を飲み続けていたが、そろそろ寝ようと立ち上がり、寝室に向かった。王は寝室のバルコニーに座って中庭の向こうにあるフィアナ戦士団の兵舎のほうを見た。さっきまで降っていた小雨はやんだが、あたりの空気は霜を予感させる骨を刺すような冷たさに変わっていた。コーマックは黒いオオカミの毛皮を肩にかけ、椅子にどっしりと座ると、月に照らされた夜空に向かって、白い息を吐いた。

突然見張りの塔にいた番兵が叫んだ。

「フィアナの戦士たちが帰って来た。城門を開けろ」

コーマック王は見張りの声が石を敷き詰めた中庭にけたたましく響きわたると、しかめつらをしてあたりを見回した。

「フィンだ、城門を開けろ」

この声を聞いて、コーマック王は椅子から立ち上がり、バルコニーの手すりのほうへと歩み寄り、城門から入ってくる行列を見た。行列の最後尾に綱につながれた二人の囚人がいる。フィンは馬から下りた時、コーマックが自分を見下ろしているのに気づき、手を振って合図をした。コーマックはこれに応えて軽くうなずき、くるりと振り向いて部屋の中に入って行った。

ヂアムジはコーマック王の姿を見た後、急いでフィンに近づいて言った。

「フィン、知らせておくけど、今日夕方まだ早いうちに、コーマック王に呼び出されて、どうしてフィンが今夜も王といっしょに夕食を食べないのか、そのわけを聞いてこいと言われて、フィンの部屋に行ったんだ」

オシーンはヂアムジがフィンに話しているのを聞いて、口をはさんだ。

「そうなんだ。この三日間毎晩、コーマックはフィンが何をしているのかヂアムジに見て来いって言ったんだ。それでぼくはヂアムジに、フィンは何か重大なことについて深く考え込んでいるようだと、王に説明するように言った。コーマック王はフィンから直接話を聞きたがっているにちがいない」

フィンは黙ってうなずいた。エナを探すことに気をとられたあまり、大切な友をないがしろにしていたことに気づいたのだ。

「明日一番に王に会いに行こう。オシーン、この二人を地下牢に連れて行け。それから残りの罠を全部回収するんだ。入り口の仕掛けの部分が破られていないか確認するんだぞ。ギアムジ、今すぐコーマック王のところに行って、わしが明日の朝、王のご都合がよければ一番に会って話したいと言っていると伝えてくれ。今夜は二人ともごくろうだった」

四十年という歳月

「わしは王の座に四十年間座っている。そなたがやって来て、あの火を吐く魔物を殺した時、わしはそなたは神々がこの世につかわした、非凡なる者と思った。そなたこそはアイルランドを常に平和にし、民の繁栄をもたらすために、マグ・メル、すなわち異界から直接この国にやって来た使者だと思ったものだ。しかしときどき、そなたは自分の都合に合わせて行動することがあるのに気がついた。何よりもフィン・マックールの都合が大切になることがある。そうなるとわしはそなたの王であり友人であることが難しくなるのだ。さあ、話してくれ、なぜ今回もまた、そなたはハイ・キングであるわしを無視したのか」

フィンはコーマック王の前にひざまずいて、王の話に耳をかたむけながら、話す機会を待っていた。コーマックはフィンの一行がタラに戻った次の朝、フィンを呼び出し、その前の数日間のフィンの行動について説明を求めたのだ。

「王さま、あなたに直接お話しなかったことをおわび申し上げます。この数日間、何に心をうばわれていたかを、ご説明すべきでした。オシーンもギアムジも状況を十分把握しておりませんでした。そのため二人は正確な情報を王さまにお伝えすることができなかったと思います。でも今、お許しいただくならば、この数日間に起こったことの一部始終を喜んでお話しさせていただきますが」フィンはコーマック王のほうを向いて答えを待った。

「ぜひとも聞かせてもらおうではないか」

「王さま、おぼえておいでと思いますが、わたくしは最近あなたの考案された不思議な効能のある罠を、エナという名のレプラコーンを捕まえるために、数箇所に仕掛けました。私がなぜその名前を知っているかというと、こやつは会う人ごとに、『おれはフィン・マックールの夢にしょっちゅう現れるエナさまだ』と威張りちらしていたからです。確かにこやつは、理由は定かではありませんが、ほとんど毎日のように、わたくしの夢に現れて、寝ている間にわたくしを殺すのです。わたくしはこうして毎夜悪夢に苦しめられていました。ご想像くださいませ。繰り返し殺される夢を毎夜のようにみるということがどんなことか。わたくしはすっかり心の落ち着きを失ってしまいました。そして何とかこのレプラコーンを捕まえなければと思ったのでございます。そこで村の者たちに、このような妖精を見たことがないか、聞き取りを始めました。さいわいなことに、数週間前に大きな森の近くで、そのような妖精を見たという情報を手に入れました。そこで、わたくしは知るかぎりの妖精の塚と言われる場所の近くに、あなたさまが考案された罠を仕掛け、エナを捕まえようといたしました。

罠は仕掛けると、予想通り見えなくなりました。怪しいものを感知するまでは肉眼では見えなくなるのです。次の朝、罠を調べに行くと、一つの罠の仕掛けのばねが上がっていて、何者かが罠にかかったことがわかりました。はっきりとした理由はないのですが、それがエナであると確信しました。けれども罠の戸は開いていて、中は空っぽでした。誰かがエナを逃がしたのです。そして昨夜になってようやく、その逃がしたヤツの身元がわかったのです。エナはこのことを秘密にしておこうと最善の策を講じたのでしたが。エナは自分を助けた若者の姿を周囲の者たちから隠し、両親の頭から息子の記憶を完全に消してしまうという魔法をかけたです。

しかしエナの魔法は失敗に終わりました。わたくしはその男の両親を、エナをおびき寄せる餌として捕まえました。エナはこの二人を自由にしようとして現れるでしょう。それが彼の命取りとなるでしょう。王さま、お許しいただければわたくしはもう一度あなたの魔法の罠を使わせていただきたいのですが。地下牢、城、そしてタラの町の周囲にくまなく罠を仕掛けるのです。もしご同意いただければ、このレプラコーンを捕まえました時には、こやつをあなたさまご自身の囚われ人として献上いたしましょう」

コーマックはフィンの話を熱心に聞いていたが、一呼吸してから次のように言った。

「わしはこれまでそのように恥知らずの妖精を聞いたことがない。毎夜毎夜夢の中で殺されるというのは聞きずてならぬことだ。フィン、わしはそなたの罠が今度は成功することを願っておるぞ。そしてまた、そなたがそのレプラコーンとやらをわしに差し出してくれるならば、それと交換に、わしもそなたにあるものを与えよう。わしの娘グローニャだ。グローニャをそなたの妻として差し出そう。これはわしとそなたの間の約束だ。異議はないな？」

フィンは長い間、このような日がいつか来るのではないかと思っていた。今それが現実になろうとしている。フィンは笑みを浮かべながら答えた。

「グローニャさまは女神クリオナと同じほどお美しくていらっしゃいます。そのような方を妻としてお迎えできることは、まことに光栄なことでございます。王家とわたくしの家が結ばれれば、アイルランドの未来は安泰、これから先何世代にもわたって光り輝くように繁栄することでございましょう」

コーマック王はこれに答えて、大きくうなずいて言った。

「確かにグローニャは妖精の女王クリオナと同じように美しいかもしれぬ。しかしそなたは、わが娘がその女王と同じように一筋縄ではいかぬ気質をもっていることを知るであろう。わしがグローニャをそなたの嫁にやる理由はそこにある。そなたであれば、アイルランドの最も賢い者よりも、グローニャの複雑な心の動きを理解しようと努めてくれるであろうからな」

フィンはさらに笑みを大きく広げて言った。

「それは今から楽しみなことでございます。ところで王さま、よろしければ今夜ごいっしょにお食事をさせていただければ光栄でございますが。ご当家とわが家の結婚を祝して、数個の酒樽を飲み干そうではありませんか」

コーマックは椅子から立ち上がると、フィンのほうに歩み寄り、両肩をしっかりとつかんだ。

「楽しみにしておるぞ」コーマックの言葉を合図にフィンも立ち上がり、二人はホールの入り口へ歩いて行った。

コーマックは片手でフィンの両肩を抱くようにしながら、しゃべり続けた。

「わしは実際にいくつもの魔法の罠を偶然見たことがあるのだ。その話をしなかったかな。その話は今夜食事の時に…」

ティンパン―パート1

「よしっと！　これで全部終わったぞ。フィドルはもうバンシーの叫び声のような耳をつんざく音は出さなくなったし、ハープは人魚の鱗くらいたくさんの音階を出すことができるようになった。ウナ、そろそろぼくとの約束を果たす時じゃないか」

エナは作業場の真ん中に立って、空中を浮遊しているいくつもの楽器を指さして言った。

ウナはドラム・コーナーの作業机の前に座って、小さい緑のポットから自分のためにお茶を入れている。ウナは兄の問いには答えず、ちょっとにやっと笑って兄を見ている。ウナは元来あまりいたずら好きなほうではないが、今、得意になっている兄を見て何か言いたげだ。

「あっちにあるあの楽器はどうなの？」ウナは部屋のずっと向こうの隅でほこりをかぶっている

古いティンパンを指さして言った。

エナは肩をすくめた。

「あんな古いもの、誰のものでもない。直す必要なんかないよ」

ウナは椅子から立ち上がると、お茶をすすり、エナの前を通って行きながら言った。

「でもお兄ちゃん、全部修理するって言ったじゃない」

「わかったよ、もしぼくがあの古ぼけたがたがたのティンパンを直したら、約束通りぼくといっしょにタラに行くかい？」

「もちろんよ。じゃ、おやすみ」

ウナはそのまま歩いて作業場を出ると、寝室のほうへ行ってしまった。

ウナが行ってしまうと、エナはティンパンのところまで行き、その楽器を取り上げてほこりを吹き払った。

「いったいどれくらいむかしのものなんだろう」エナはそう言いながら、ティンパンを近くのテーブルの上に置いた。

次の日、ウナが寝室のドアを開けると、作業机に頭をくっつけるようにして、ティンパンと格闘しているエナが見えた。

「まだお仕事？」ウナが言った。

ウナが作業場に入って来ると、エナはウナと向き合って座った。ウナはエナの目が少し血走っているのに気づいた。

「いったい、この楽器はどこから来たんだろう。父さんのものだったのか？　きっとそうだったにちがいない。そのことに気づいた時、ちゃんと直したいと思ったんだ」エナはカップに残っているお茶を飲み干すと、テーブルからティンパンを取り上げて、自分が直した箇所を触り始めた。

「部品は全部新しいのと取り替えた。指板も新しくした。このブリッジにひびが入っていたから、それも直す必要があった。それから下塗りをした後、前に四つ葉のクローバーからしぼり採った油で作ったニスを塗ったんだ。最後に、ティンパンの弓は父さんが使っていたものを持って来て、それも修復したのさ。さあ、聴いてごらん、美しい女の声のように歌うよ」

エナはテーブルから少し離れて立つと、弓を取り上げて、ウナにほほ笑みかけながら弾き始めた。ウナの目がうるんできて、突然涙があふれ、頬を伝っていった。じっと耳をかたむけて聴いているうちに、ウナの脳裏に幼いころの思い出がよみがえってきた。エナが弾くのをやめると、ウナが言った。

「そのタラっていうところだけど、いつ行くのがいいと思う？」

エナはティンパンと弓を、これも自分で作った皮のケースにていねいにしまった。それから両手を合わせてぱちんと打つと、顔じゅうにあふれんばかりの笑みを浮かべて言った。

「ああウナ、きっと気に入ると思うよ。ぼくは先週そこに行って来たけど、そこにいたばあさんがルーの祭りのことを話していた。それが明日始まるんだ。どうやらあそこに住む巨人たちは、毎年八月の最初の日に、ルーのための感謝祭をおこなうらしい。ルーは巨人たちの太陽神であり、大気の神であり、そのほかいろいろの神らしい。とにかくすごい祭りらしい。音楽があり、踊りがあり、そしていちばん重要なことは、大宴会があってたくさんのご馳走が並ぶらしい。ぼくは何ていってもそのご馳走が目当てさ。ヤツらが食べる料理はどれも食べてみたいんだ。いっしょに行くかい？」

「もちろん。明日行きましょう」ウナは椅子を引き寄せると、お茶を注ぎ、今日一日じゅう兄から聞かされることになるであろう、明日の冒険の講釈を聞く覚悟をきめた。

次の朝、二人は早く起きて、旅に必要な物をカバンに詰めた。身じたくが整うと、入り口の扉に鍵をかけ、市場のほうへ歩いて行った。市場では物売りたちが準備を始めていた。その間をエナは足早に歩き、ウナは兄の後について行った。

「さあ、急ぐんだ。ぼくはフィネガスのウィスキー・ショップの近くの岸壁のそばに、すごく簡単に通り抜けることができる出口を見つけたんだ。もしフィネガスがぼくたちを見つけたら、百万以上の質問をするにちがいない。彼のことだ、わかるだろう？」

「あたしたちといっしょに行くって言うんじゃない？」ウナが言った。

「とんでもない、考えてもごらん。爺さんが来たらランチになる前に、タラの酒の半分は飲んじまうよ。でもフィネガスは二日酔いで、まだどっかで大いびきで寝てるよ」

二人が出口に近づくと、ウナは突然エナの手を引っぱって、歩みを止めた。

「ねえ、あたし今までに一度も家を離れたことがないでしょ。父さんと母さんがいなくなってから、何ていうか…」ウナはちょっと言葉を切ってから続けた。

「何ていうか、フォイを出るのが怖いの」

ウナは振り返って、市場を見わたした。見慣れた顔があちこち走り回って、屋台を建てたり、荷車を押したり、あれやこれや忙しくしている。冗談を言ったり、夕べのことを話したりしている者もいる。その向こうにマグ・メルの滝がフォイの城壁を伝うように流れ落ち、ややもすると暗い山の中の洞窟に、生き生きとした暮らしの活気と色合いを与えている。フォイの活気あふれる市場の様子をうれしそうに眺めていたウナは、その光景をしっかりと胸の中にしまい込んでから、兄のほうを向いた。

「さあ、いいわ、行きましょう」

エナはまだウナの手を握ったまま、壁を通り抜け、タラの丘の隣りに並ぶレッド・ヒルのほうに進んで行った。

洞窟の入り口から外に出ると、向こうにタラの丘と、その周囲の風景が手にとるように見えた。じっと目をこらしていたウナが言った。

「何という眺めでしょう。遠くに海が見えるわ。円錐形のものがたくさんあるけど、あれは何？」

エナはウナの隣りを歩きながら、遠くに立ち並ぶ円錐形の屋根の家々を指さして言った。

「あれは円形の家で屋根が円錐形にとがっているんだ。巨人たちが住む家さ。たくさんある家はどれも真ん中にある大きな石造りの城のほうを向いて建っているんだ。あの城の建つ丘はタラの丘、すなわち王の丘と呼ばれている。巨人たちのハイ・キング、アート・マック・クインの王座があるのさ。王が住む城の隣りには巨大な宴会場がある。真ん中にすごく大きなとんがり屋根が見えるだろう？　あれが宴会場の屋根さ」

ウナはエナが指さす先に、エナが話している大宴会場の建物を見ることができた。

「ああ、見えたわ、見えたわ」

「あそこが祭りのメイン会場だと思う。あそこまで行って、偵察しよう」

エナはもう一度妹の手をとると、二人はレッド・ヒルを下って、タラのほうへのんびりと歩いて行った。二人が丘のふもとに近づくと、タラの町の隣りにある広場に集まった大勢の人たちが、大声で叫び合っている。

「ほら見て。向こうでみんな何をしてるのかしら？」ウナは兄のほうに振り向いて言った。エナは爪先で立って背伸びしながら、どこへ行ったらもっとよく見えるか、うろうろ動き回っている。
「何やってるのかさっぱりわからん」エナは言った。

タラの町の城門は大きく開かれて、たくさんの人々がタラの町のあちこちでおこなわれているさまざまな競技を見ようと、城門を出たり入ったりしている。毎年ルーの祭りの朝におこなわれる力くらべの競技をみんな楽しみにしているのだ。さまざまな部族から競技者が出て、力と技を競い合い、その中から選ばれた最も強い者が、ハーリングやレスリングや槍投げやランニングなどのトーナメントをさらに真剣に戦うことになるのだ。このような競技はそれを熱心に観戦する何千人もの観客の心をつかみ、彼らの想像力をいやがうえにも刺激する。観客は彼らの英雄たちを大歓声をあげて応援する。

エナとウナはレッド・ヒルの丘の上に、町を見下ろす絶好の場所を見つけて、競い合う競技者の叫び声や、観客の歓声や怒号が町の外まで鳴り響く、喧騒の渦の中にあるタラの町をしばらくじっと見下ろしていた。二人が眼下で繰り広げられるさまざまな競技に目をこらし、お気に入りの競技者をたがいに指さしたり、競技のルールをおぼえようと夢中になるうちに、いつしか何時間もの時が過ぎていた。
突然、エナは数人の男たちが口をもぐもぐ動かしながら、城門から出て来るのを見た。

「見ろよ、あいつらは町から何か運んで来たみたいだ。何か食べてるぞ。ぼくも腹ペコだ。もっとよく見てみよう」

ウナもお腹がすいたような気がしてきた。そこで二人はもっと町の近くに行くことにした。

二人が丘を下りて行く時、エナは振り向いてウナに言った。

「いったん町の中に入ったら、人目につかないように行動しなきゃならない。自分一人で安心して動き回ることができるようになるまでは、ぼくの後ろについて来るんだ。ぼくは直接すぐに町の中に入るのは怖い。あの中で何が起こっているかわからないからね。もしかしたら突然王さまの目の前に出ちゃうことだってありうるからね。でも城壁を安全に越えられる場所を知っているから、まずそこに行こう」


エナは前に何度かそこに行ったことがあった。そこは城壁の中で、警備の手薄なところなのだ。エナはウナをその場所へ案内した。二人は驚くほどしなやかな身のこなしで、番兵の兵舎をよじ登ると、お祭りの騒ぎからは離れた町の裏道に降り立った。それから二人は城壁に沿って、正門とそこを行き来する何千もの酔っ払いたちから離れた方向に歩き、やがてタラの丘の裏手にやって来た。

「城の裏手に来たんだ」エナは丘の上にそびえる大きな石の建物を指さして言った。

「ここから城を通って、大宴会場に行くことができるんだ」

エナは妹の先に立って城壁を登り、石の窓枠から部屋の中に入ると、そこは寝室だった。

二人は戸棚や洋服ダンスの上を飛び跳ねたり、テーブルの下を這いつくばったりして、人目につかないようにうまく身を隠した。それから廊下のへりを気づかれないようにこっそり歩いて食料貯蔵室を通り抜けると、台所に出た。その間じゅう二人は、巨人たちがそこに置いたさまざまな道具や食料品の品定めをしながら、ひそひそと話し合った。

「さあ、大宴会場のほうへ行こう」エナは中庭に通じる入り口を指さして言った。二人はまさに中庭への入り口のそばに立ち、中へ入ろうとしていた。その時、アート・マック・クイン王が現れた。王は膝までの緑色のシャツを着て、腰に革のベルトをしめ、薄手の麻のズボンをはいている。王は周りにかしずく者たちを怒鳴りつけるように、威張りちらして入り口の真ん中までやって来た。

「坊主を連れて来い。これからすぐに宴会場に行くのだ」王は厳しい口調で息子のコーマックを呼んだ。五歳になったばかりのコーマックは母親に手を引かれて急いでやって来た。母親は、息子に父と同じ緑色のシャツ着せて、二人は別の入り口から出て来た。着慣れない服を着せられたコーマックは首のあたりがかゆいらしく、さかんに掻いている。コーマックはのろのろと父の前までやって来ると、突然注意を引くように足を踏み鳴らしてから、父を見上げて微笑んだ。王はにやりと笑い返すと、息子の手を引いて、中庭を通り、宴会場のほうへ歩いて行った。そこには何百人もの身分の高い家来たちが、今か今かと王を待ちかまえていたのだ。

「今の人、誰？」ウナが聞いた。

「あれが王さ。さあ、あの連中の後をつけよう」エナは妹の手をとると、王たちが入り口から入って行った後、見つからないように、間合いを見計らって、うまく王たちの後から中庭へと入って行った。二人は中庭に立って、アート王と息子が大歓声に応えて宴会場に入って行くのを見ていた。エナは大きく目を見開いて、宴会場の大きな屋根を見上げた。藁ぶき屋根のてっぺんから煙が漏れているのが見える。エナは急いで妹の手をつかむと、二人はあっという間に、藁ぶき屋根のてっぺんにいた。エナは藁の中に手を突っ込んで、藁を押し広げてすきまを作ると、二人はそのすきまにもぐり込んだ。

ウナはエナの意図をすばやく飲み込むと、藁の下にある支えの梁の上に跳び降りた。宴会場から立ち昇る煙のおかげで、屋根のすきまから入る太陽の光はさえぎられた。そうでなかったら、下にいた者が目ざとく二人の存在に気づいたかもしれない。いったん中に入ると、エナは藁ぶき屋根に開けた穴をふさいで、元通りにした。

梁の上に立って、エナとウナは黙って大宴会場を見下ろしていた。こんな大きなホールを見たことがない。フォイの市場よりずっとずっと大きい。入り口は二つあるようだ。王が入って来た入り口と、もう一つは町に住む者たちが入って来る入り口だ。部屋の真ん中には大きな火が燃えていて、その周りにはさまざまな種類の肉や魚が串刺しにされ、地面に突き刺さっている。肉はパチパチと燃える炎すれすれにぶら下がり、ゆっくりと焼けて、部屋じゅうに香ばしいにおいがただよっていく。火を囲むようにいくつかのテーブルが並んでいて、その上にはさまざまな食べ物が、誰でも自由に選び取れるように並べられている。一つのテーブルには粗粒の入ったパン、次のテーブルには色あざやかなベリー類やリンゴ、野生のキノコが並んだテーブルや、調理したばかりのイノシシの肉が切り分けられているテーブルもある。グツグツと煮える大鍋から取り出したばかりのムール貝やそのほかの貝が、小さなバケツに小分けされて並んでいるテーブルもある。そして壁際にはビールの樽がうずたかく積み上げられ、客は自由に自分のジョッキに注ぐことができる。

王が一段高くなったステージにしつらえられた木の王座に座ると、ホールのあちこちに立って見張りについていたフィアナ戦士団の番兵たちの目が用心深くあたりを見回した。

王は膝の上の息子を片腕で抱くようにかかえ、もう片方の手で、なみなみとビールの注がれた角型の盃を掲げている。

王の到着を合図にレスリングの試合が始まった。王座の前の場所は試合のために広く空けられ、競技者はたがいに競い合う。部族間のもめごとの決着をこのような試合でつけることもあったから、ホールの観衆の関心はいやがうえにも高まっていく。

梁の上からこの様子を見下ろしていたウナも、しだいに試合の興奮の渦に巻き込まれていった。最初の試合が始まった時、ウナは兄を見た。エナはすでに口の中に食べ物をほおばって、自分の体の半分もある大きなジョッキからビールを飲んでいる。エナはうまい食べ物の間を機敏に飛び回っている。火の上で焼かれている豚肉から香ばしいにおいがただよって来ると、すかさず豚肉を取りに行く。こうしてあっちの食べ物、こっちの飲み物と走り回っては、手に一杯の食べ物を持って梁に戻ってくる。いつのまにかウナの隣りに食べ物や飲み物が山のように積まれていて、ウナもそこから自由にほしいものを食べ始めた。両手で抱えるように大きなジョッキから、ビールを飲む。ジョッキを持ち上げるだけでもたいへんな力が要る。ウナは二度目にビールを飲んだ時、げっぷをしてくすっと笑った。

ウナが再びホールの中をうろついている兄を探そうと目を下に転じると、一人の少年が目にとまった。一三、四歳くらいだろうか。古いぼろぼろのシャツを着て、はだしでホールの中を歩き回り、テーブルの上の食べ残しや、大きなゴミの入った桶の中をあさっている。こんなに手をつけていない食べ物が残っているのに、どうして食べ残しやごみをあさらなきゃならないのかしら。ウナが不思議に思っていると、一人のフィアナの番兵がその少年を見て近づくと、靴のかかとで少年を蹴り倒した。ウナはハッとして我に返ると、少年の声が聞こえて来た。

「お願い、ぼくをそんなふうに蹴ったりしないで、ぼくはただ、何か食べるものがほしいんだ」

けれども番兵は少年の首をつかむと、ホールから道に放り出した。少年は急いで立ち上がると走り去ったが、道行く人たちは誰一人、この不幸な少年に気づいていないようだった。

ウナはエナを探したが、エナは相変わらず食べ物の間をうろついている。ウナはちょっとためらったが、あの少年のことが気になって、勇気を振りしぼって、積み上げられた食べ物の山からパンと肉のかたまりを取ると、藁屋根のすきまから屋根の上に出た。少年が道の向こうを走って行くのが見えた。ウナは屋根から屋根へと跳び移って少年を追いかけた。一軒の家の入り口に、白い布がかかっていたので、ウナは急いでそれをはぎ取ると、その布で手に持っていた食べ物と飲み物を包んだ。それからまた少年を追いかけた。ウナはすぐに少年に追いついた。

少年は狭い路地に入り込むと、足を止め、かがんで足をつかみ、ハアハアと息をととのえた。それからあたりを見回すと、近くに建っている家の脇の側溝にもぐり込んだ。少年はそれから側溝の近くに生えている灌木の枝や茂みを押しのけて、家の土台の下にもぐり込んだ。おそらくそこが少年のすみかなのだろう。ちょうどその時、上から何か落ちたような、どさっという音がした。少年が振り向くと、白い包みが側溝のそばに落ちていた。少年は周りを見回したが誰もいない。ウナはすでに行ってしまっていたのだ。少年は緊張した面持ちで包みを引き寄せた。中には肉とパンが入っていた。誰がこんな親切なことをしてくれたんだろう。少年は包みを家の土台の下に引き入れると、入り口を葉がいっぱいついた枝でふさぎ、思いがけない贈り物をむさぼり始めた。

ウナがホールに戻ると、エナはまだ口をもぐもぐさせていた。

「いったいどこに行ってたんだい？」エナは口にベリーをほおばったままウナに尋ねたので、ベリーの汁が口から出て顎を伝った。

「きたないんだから、兄ちゃんは。口からベリーがいっぱいはみ出して、シャツが真赤になってるよ」ウナは食い意地の張った兄を見て、笑って言った。

それから兄のそばに座ってビールのジョッキを持ち上げて、ぐいっと一飲みすると、大きなげっぷをさっきより長く時間をかけて吐き出した。二人は大声で笑って、その後ひとしきり下でおこなわれている試合に興じた。

その夜遅く、フォイに戻ったウナは、床についてもなかなか眠れなかった。とても楽しい一日だったが、ウナはあの少年を見た後、あの少年の顔が頭から離れず、あの子についていろいろ考えをめぐらしたり、同情したりするのだった。ウナは考えた。あの子の両親は死んでしまっていないのだ。だからたった一人であんなところに住んでいるにちがいない。そしてウナは、自分の両親の最後の記憶を必死になって思い出そうとした。いったい何が起こったのかしら。でもウナには両親がいなくなった悲しみしか残っていない。あの子は両親の死を見とどけて、それから埋葬して、記憶を消し去ることを選んだんだ。ウナも両親が消えてからずっとそのように考えて、できるだけ二人のことを考えないようにしてきた。けれどもこのように考えれば考えるほど、不安や寂しさが重くのしかかり、じっと横になっていることができなくなった。

「かわそうなあの子、あんな溝の中で苦しい夜を過ごしている。何とかしてあげなければ」

ウナはベッドから起き上がって、急いで部屋の外へ出た。台所では、エナとフィネガスがまだ酒を飲みながらおしゃべりをしている。ウナはそっと仕事場に入り、あたりを見回しながら、何ができるかと考える。その時、机の上のエナが修理したティンパンが目に入った。ウナは急いでテーブルに駆け寄ると、ティンパンの入ったケースをつかみ、こっそりと家を出た。今やウナの気持ちは決まっていた。そのことをなしとげるためにすばやく行動した。今朝歩いたタラへの同じ道を急いだ。

日はとっぷりと暮れ、八月の明るい月がタラの町をおだやかに照らしていた。酔っ払いたちはほとんど家路についたようだったが、ときどき裏通りから数人の酔っ払いの笑い声があたりに響いていた。ウナはあの少年のすみかに向かったが、人気のない道を見つからずに歩くのはさほど難しいことではなかった。少年の住む溝にこっそり近づくと、入り口を隠している小枝の向こうからぜーぜーとあえぐような声が聞こえてきた。ウナは小枝の中に頭を突っ込むと何とか枝の間をもがき進んで、寝ている少年の上に立った。少年はウナが食べ物を包んだ白い布にくるまって、体を丸めて地面の上で寝ている。ウナはティンパンのケースを開けると、少年のそばに座り、寝ている少年の上で手を左右に動かした。それからささやくように歌い始めた。その時、ウナの手からかすかな光が出て少年を照らした。

さあ、このティンパンはわたしからのささやかな贈り物。
このティンパンを弾いて、あなたの暮らしが良くなるように。
テンポの速い曲を大きな音で奏でなさい、
みんながあなたの曲のとりこになるでしょう。
そしてあなたをほめたたえ、贈り物をくれるでしょう。
　そしたらあなたの暮らしも良くなるわ。
でも、でも決して欲ばってはだめ、困ったことになるから。

ウナは後ろを振り向き、外に出た。それから目を閉じると、レッド・ヒルの洞窟への入り口を思い描いた。けれどもフォイに戻る前にもう一度振り返って、タラの町を見わたして、そっとほほ笑んだ。

クーリー山脈

「ぼくは父さんがここに連れて来てくれたのをおぼえている。確かまだ五歳か六歳だったと思う。ぼくはずっと文句を言っていた。歩くのに疲れていたんだ、それに風の強い日だった。でも最後には、来てよかった、と思ったけど。目の下には息を呑むような景色が広がっていた。ほらタイ子、見てごらん、遠くに森が広がっているだろう。ぼくの家はちょうどあの森の向こう側にあるんだ」トーマスは山のいちばん高いところまで歩いて行って、遠くを指さした。その先には大きな森があり、森のふちを川が流れている。川はさらに緑豊かな渓谷を通って、湾に流れ込んでいた。

「本当に美しい景色」トーマスの後からついてきたタイ子は、トーマスが指さす景色をちらっと見て言ったけれど、すぐに泥がついた木のサンダルを見た。

「でもわたし、アイルランドを歩いているとときどき泥んこになるっていうこと忘れてた」

そう言うと身をかがめて、サンダルの底を指で触った。サンダルの底には前と後ろにスパイクが突き出ている。これがあるおかげで、泥んこの山道にはまり込まずにすむし、滑らずに歩くことができるのだ。


「トーマス、わたしたちは今、フォイのすぐそばに立っているの。レプラコーンの王さまのブライアンはこの山のずっと奥深くに住んでいるのよ。エナもそう。わたし今、エナのところへ行って、あなたがお母さまと話したことを知らせなければならないの。ここで待っていて。ブライアン王は外から来る者にはとても厳しいから。あんまり遠くに行かないでね。すぐに戻って来るから」

タイ子は着物の裾をくるぶしまでたくし上げると、山の切り立った岸壁のほうへ走って行った。タイ子が振り返ると、トーマスは石の上に座って、大きな森のほうをじっと見ていた。トーマスがよそ見をしている間に、タイ子は一本のサンザシの木を探した。すぐに近くの広場に、一本のキノコの形をした、緑の葉をいっぱいつけた木を見つけた。これに間違いないわ。タイ子がその木に近づくと、小さい階段が現れた。タイ子がその階段に足を踏み入れ、一歩づつ降りて行くと、やがて小さい木の扉の前に来た。タイ子がノックをすると、門が横に滑り、扉のすきまからとがった鼻が突き出て、外のにおいをかいだ。それから片方の目だけがすきまから見えた。

「おまえさん、ずいぶんと遠くから来たみたいだね」

「そうよ、とっても大切な知らせを伝えるために、遠くからわざわざ来たの」

「さて、それはどんな知らせかな？」扉の向こうの声が馬鹿にしたように言った。

「おまえさん、なんていう名前かね」

「わたしよ、タイ子よ。ポードリック、前に会ったじゃない。わたしエナの友だちよ。今日はエナに会うために来たの」

「会ったかもしれないし、会わなかったかもしれない」

「ぜったいに会ってます。あなたはポードリック・オー・ポイジャッハ。フォイの門番でしょ？わたしたちは、実際、数回会ってるはずよ」

「おれの知るかぎりでは、おまえさんはちっちゃなシオフラのように見える。あのずるがしこい小人さ。あいつだったらすぐにタイ子に化けることができるからな。しかしタイ子には前に会ったか、どうだったか」

「シオフラって、誰のこと？」

「それそれ、シオフラの言いそうなせりふだ。もしおまえさんが本当にタイ子なら、これからいう質問に答えられるはずだ。いいかね」

タイ子は鼻から息を吸い込んで、門のほうに首を突き出して言った。

「いいわよ、さあ質問して」

「おれの靴は何色だ？」

「何ですって、馬鹿馬鹿しい。そんなこと何で私が知っているっていうの？　もっとまじめな質問をしてよ」

「おれたちは前に会っているんだろう？　おれはこの靴をずっとむかしからはいているんだ。おまえさんと会った時だって。だから何色の靴かおぼえているはずだ」

「あなたの靴なんか見なかったわ。わたしはこの前ここに来た時は、タップシューズを買いに来たの。じつはエナがお父さんに頼んで、わたしのために作ってもらったんだけど、手ちがいがあって、その靴はうまく合わなかったの。でもあなたの靴なんか知らないわ」

「じゃあ、もしおれの靴がおまえさんの靴と同じ色だったと言ったら、どうだい？」

「そしたら簡単よ。わたしの大好きな色、赤だわ」

「よっし。あたり。また会えてうれしいよ、タイ子。元気そうだね。でもおまえさんはまだ中には入れない」

「どうして？」

「エナはここにいないんだ。今朝たくさんの楽器の束をかかえて、カローントゥーヒルに出かけて行った。たぶん、修理した楽器を配達に行ったんだろう。帰るまでに数週間はかかるな」

「ほんと？　とっても大切なことを伝えるために来たのに。あなたからエナに伝えてもらえるかしら」

ちっちゃな指が扉の外に突き出て、近くの木に貼ってある小さい紙を指さした。そこにはこう書いてあった。

「次のもの入るべからず。

　シオフラの小人一族
　　巨人一族
　　　メッセージ」

「ああ、じゃあフィネガスはどうかしら。エナの代わりにフィネガスにすぐに会いたいのだけれど」

ポードリックは天井から吊るさがっているブロンズの角笛の先をつかむと、数分何か考えているように黙って立っていた。その間タイ子は戸の外で、辛抱強く待った。やがて角笛は一人でくねくね曲がって螺旋階段を下りて行ったが、下に行くにつれて大きくなり、フォイのマーケットに到達するころには、そのあたりをおおうほどに広がっていた。

ポードリックは咳払いすると、角笛の先に口を当てて話し始めた。

「フィネガス・マック・アンファルメイシュ、１３４出口までおいで願います。お客さまがお待ちです」

ポードリックの声は角笛の管の中を振動しながら通り、フォイの市場をおおうほどに広がった先まで来ると、破裂するような大きな音になって市場に響きわたった。フィネガスはウィスキーの売り場で、西海岸からフィネガスの強いブレンドのウィスキーの話を聞いてやって来た妖精たちの一群に囲まれて立っていた。

「ちょっと待った。そこの若い衆」フィネガスは自分の周りに集まっている若い妖精たちの一人に近づくと、ウィスキーを一杯注いで言った。

「これを飲んでみるんだ。数分たつと効果が表れる。いいかみんな、よく見ているんだぞ」

フィネガスはその若者がウィスキーを飲み干すのじっと見ていたが、それから急いで、１３４出口に通じる急な階段をあえぎながら昇って行くと、ポードリックに文句を言った。

「いったい何でわしをここまで呼び出したんだ？　わしは年をとってるから、この階段はしんどいんだ。おまえのおやじがこの前買ったウィスキーのことか？　何かピリッと刺激のあるものがほしいって言ったから、あれを勧めたんだ。気に入らなくてもおれのせいにするなよ」

ポードリックはフィネガスが階段を昇りきったと同時に、入り口の扉を開けてタイ子を中に入れた。

「おお、タイ子じゃないか。よく来たな」フィネガスはタイ子を抱きしめて言った。

「別のタップシューズがほしいのか。それならおまえさんのために新しいのを一足作ってあるぞ」

「ありがとう、フィネガス。でも今日はそのことで来たんじゃないの。エナにとても大事なことを伝えに来たの。エナが帰ったら私からの伝言を伝えてくれる？」

「もちろんだとも。何でも伝えるぞ」


「エナにこう伝えて。『トーマスが指輪をはめて、お母さんと話した』、それだけ。わかった？」

「トーマスは指輪を持って、お母さんと話した」フィネガスが言った。

「正確じゃないわ。鉛筆貸して」タイ子はポードリックの上着のポケットから鉛筆を取り出すと、近くの木に貼ってあった張り紙の端をちぎって、そこにメッセージを書いてフィネガスに渡した。

「このメモをエナに渡して。その時いっしょに、わたしの新しいタップシューズも渡してくれる？　そしたらそれがあなたがエナにメモを渡した証拠になるわ」

タイ子は笑いながらフィネガスにメモを渡したが、フィネガスはうなずいたものの、タイ子の言っていることが十分わかっていないようだった。

「これでいいわ。お二人に会えてよかったわ。さあ、わたしはもう行かなきゃ」

タイ子はそう言うと後ろを振り向いて階段を昇り始めたが、階段は来た時と同じように、タイ子が昇った後から消えていった。去って行くタイ子を見送りながら、フィネガスは腑に落ちない様子でポードリックを見たが、ポードリックは肩をすくめるだけだった。

家

タイ子が戻って来ると、トーマスはまださっきの石の上に座って、遠くをじっと見つめていた。

タイ子はトーマスの肩にそっと手を置くと言った。

「エナはいなかったわ。だから伝言を置いてきた。それを見たら私たちに会いに来ると思う。残念だけど、今はそれしかできない」

トーマスは口をゆがめて、タイ子のほうをちらっと見たが、またすぐ目の前に広がる風景に視線を戻した。

「たぶん、ぼくがぼくの家を取り巻く深い森や丘を見るのはこれが最後になると思う。ぼくは今、この景色を頭の中にしっかり刻み込んでおこうとしてるんだ。いつまでもおぼえていたいから」

タイ子もトーマスの隣りに腰を下ろして、目の前に広がる風景を見た。

「私が最初にアイルランドに来た時、寒さと雨の多さにショックを受けたわ。妖精王のブライアンは世界じゅうの妖精を探し出して、フォイの音楽や伝統を楽しむ祭りに来るように招待状を送って来たの。わたしたちの伝統や暮らしを知りたいと思ったのね。でもわたしはここに着いたとたんに日本に帰りたくなった。夜は長いし、骨に突き刺さるような冷たい風は吹くし、どこを歩いても足は泥んこになるし。でも二日目には空は晴れわたり、天気がよくなったから、私たちはこの山の上に来たの。わたしたちが今座っているすぐ近くだったと思う。目の前に広がる景色を見た時、アイルランドってなんて美しい所なんだろう、と思ったのをおぼえているわ。この息を呑むような景色を見て、わたしの気持ちは変わったの。心の目が開いたというか。おかげでわたしのアイルランド訪問はすばらしいものになったわ。今ではアイルランドはわたしの第二の故郷よ。しばらくここに座ってぞんぶんに景色を楽しみましょう。何もかも忘れないように。この景色を思い出せば、落ち込んだときも元気になるでしょう」

トーマスはタイ子を見てにっこり笑った。タイ子は小さい体をさらに縮めて、トーマスにすり寄ると、山を吹き抜ける夜の冷たい風から身を守ろうとした。

二人はしばらく無言で座っていたが、トーマスは突然ポケットに手を入れて指輪を取り出すと、それを指にはめようとした。タイ子は手を伸ばしてそれを押しとどめた。

「おだやかに晴れた夜だわ。ちょっと散歩しない？　日本に帰る前に、あなたが育ったところも見ておいたほうがいいんじゃない？」

「ほんとに！　いいの？　嬉しいな」

「ほんとに、いいのかどうかわからないけど。でもあなたに案内してもらいたいわ。もし誰かに偶然会いそうになったら、急いで指輪をはめればいいじゃない」


そこで二人は立ち上がって、山を下り始めた。晴れわたった空にはさえぎる雲もなく、月が皓々と照り輝いていた。二人は山を下り、遠くにくっきりと見える森へ向かって、のんびりと歩いて行った。途中でトーマスは小さいころ遊んだところや、釣りに行った小川を見るとその近くまで飛んで行って、指さしながら、タイ子にむかしの思い出を事こまかに話すのだった。二人はこんなふうにして時のたつのも忘れて歩いたが、やがて大きな森の近くまでやって来た。二人が森のそばにある小高い丘の上に来た時、トーマスは突然ハッと息を呑んで足を止めた。トーマスは眉をひそめ、目を細めて丘のふもとをじっと見ていたかと思うと、次に周りを見回し、あたりの様子をじっとうかがい、それから今来た道を振り返った。

「大丈夫？」タイ子が聞いた。

しかし、タイ子がそう聞いた時には、トーマスはすでに丘を駆け下りていた。タイ子がトーマスの後を目で追うと、その先には焼け焦げた地面があって、トーマスはその上でしゃがみ込んでいた。トーマスが泣き叫ぶ声を聞いたとき、タイ子はもう手おくれだったことを知った。タイ子は急いで丘を下りると、焼け跡に散らばる破片の中に手がかりを探そうとした。トマースはまだしゃがみ込んで悲嘆にくれ、地面を見つめている。トーマスが旅にあこがれる冒険心や好奇心に支払った代価はあまりにも大きかったのだ。

「トーマス、焼け跡には何も見つからないわ。火事の時、誰かが家の中にいたことを示すものは何もないわ。あなたの家は燃えてしまったけれど、ご両親はまだ生きているかもしれない」

トーマスは頭を上げて言った。

「何が起こったのか、調べなければならない」

タイ子は下唇をぎゅっとかみしめて言った。

「どうしたらいいかわからないけど、でもまずエナに話さなきゃ。さもないともっと大変なことになるんじゃないかしら」

「おれ、何が起きたか知ってるよ」近くの藪の中から、妖精のような声がしたかと思うと、一人の若者が現れて言った。

「これはフィンとギアムジのしわざさ。フィンは一人のレプラコーンを捜していたみたいだ。そこにいるのがレプラコーンかな」

「あれ、おまえ、ダルタ・オーグじゃないか」トーマスは今や自分の隣りに立っている若者をじっと見て言った。

「おまえどうしておれの名前を知っているんだ？　そこに立っているちっぽけなヤツは何だ？」

若者はタイ子を指さして言った。

「トーマス、もしかしたら、この人もあなたのことをおぼえていないんじゃない？」

トーマスはダルタのところまで歩み寄って、ゆっくりと話しかけた。

「どうしてぼくがおまえの名前を知ってるかは、今はどうでもいい。かんじんなのは何が起きたかということだ。ぼくはそのことを知らなければならないんだ。この家に住んでいた人たちはどこにいるんだ？」

ダルタは話し始めた。

「フィンはエナという名前のレプラコーンを捜していた。すべてがエナのせいなんだ」

ダルタは手を振って、後ろのクックハウスの焼け跡を指さして言った。

「それってどういうこと？」タイ子が聞いた。ダルタは続けた。

「おれたちがクックハウスの中で食事をしていると、フィンがやって来た。そしてエナというレプラコーンを知らないか、何か知っていたら教えてくれと言った。そこまでは何も問題はなかった。ところがフィンが外に出た時、いきなりクックハウスに火がつき、燃え出したんだ。おれたち中にいた者はみんな急いで外に出た。外にはフィンが立っていた。それからフィンはアーニャとエアモンを捕まえて、ハイ・キングの捕虜としてタラに連れて行くと言った。でも、それだけではすまなかったんだ。フィンは突然怒り出して、アーニャに向かって、『何か隠しているだろう、そのことを言わなければ夫を殺すぞ』とおどしたんだ。すごい緊張が走った。そこにいた者はみんな、フィンが今度は自分たちをもおどしにかかるのじゃないかと思った」

トーマスはタイ子を見た。タイ子は下を向いてじっと考えている様子だった。

「わかったわ。トーマス。指輪をはめなさい。日本に帰ってエナを待ちましょう」

「いやだ。ぼくはここを離れない。今ここを離れることはできない。何かほかにしなければならないことがあるんじゃないだろうか」

タイ子は下唇をかんだままじっと考えていたが、ついに言った。

「わかったわ。わたしは一人でタラに行きましょう。フィンや家来たちに見つからないで、城の門をまっすぐに通り抜けることができると思う。そしてもしあなたのご両親を見つけることができたら、二人を逃がす方法を何とか考えるわ。でも、トーマス、あなたはダルタといっしょに行って、どこかに隠れなければ。わたしは後であなたを捜して、そしてみんなでいっしょに日本に帰りましょう」

「おまえの両親だって?」ダルタ・オーグの記憶はまだぼんやりしていたが、少しずつ戻って来たようだった。

「アーニャが最後に言ったのは、息子がいるっていうことだった。それがおまえなんだな。よし、おまえはおれのうちの馬小屋に隠れたらいい。おれのうちには年とった雌馬がいたけど、去年死んじまって、今は馬小屋は空っぽさ。狭いけど安全だろう」

「タイ子、ぼくはダルタといっしょに行くよ。ヤツの家はここから真西に歩いて約三十分、小さい湖のそばにある。馬小屋は裏の畑にある。すぐに見つかるよ」


タイ子はうなずいて言った。

「三日間待ってくれる?　それまでにわたしがあなたのご両親を連れて戻って来なかったら、あなたは指輪をはめて日本に帰って、そこでエナを待つのよ。約束してね」

「約束する。気をつけてね。ぼくの両親を必ず助けてね」トーマスは身をかがめて、タイ子を抱きしめた。二人の頬を涙が流れた。それから二人は別れのあいさつをした。トーマスが最後に言った。

「タイ子、ありがとう」

タイ子は、二人がダルタの家のほうへ足早に去って行くのを見送ると、姿を消した。後には土の上に、タラのほうへ向かうタイ子の小さいサンダルの跡だけが残っていた。

罠

フィアナ戦士団の百人の男女の戦士がタラの城の前庭に集まっていた。一団は「休め」の姿勢で並んでいた。列の前にはヂアムジが立って、大きな声で指示を与えていた。

「気をつけー！」兵舎からフィンとオシーンが出て来ると、ヂアムジは大声で命令した。大きな靴音を鳴らし、一団は姿勢を正して整列した。戦士たちの前に立つと、フィンが言った。

「みなの者、ごくろうであった。わしは今、オシーンとそなたたちが仕掛けた罠を見回って来たところだ。ハイ・キングの千個の罠が確かに、ぬかりなく仕掛けられたことを確認したところだ。そなたたち一人一人が、追って知らせがあるまでは、ここ城の前庭で見張りに立つように選ばれたのだ。城壁の警備の交替は今、オシーンが行ったところだ。今後何者も、人間であろうと動物であろうと、厳重な検問を受けずに城門を通ることはできないであろう」フィンは城の中庭に通じる正門を指さしてさらに続けた。

「われらが王は一人のレプラコーンを捜しておられる。そやつは、われらが地下牢に閉じ込めた囚人を助けるために現れると確信している。われらが仕掛けた罠も、そなたたち警備の者たちも、すべてそのレプラコーンの道を阻むためなのである。詳細についてはギアムジが話すであろう」

言い終わると、フィンは再び兵舎のほうへ戻って行ったが、兵舎に入る前に、もう一度整列する兵士たちを振り向いて付け加えた。

「おお、そうだ、言い忘れた。コーマック王からの伝言がある。誰であれその妖精を捕まえた者には、その者が望むものを何でもほうびとして与えよう、と王は仰せである」

この言葉に兵士たちが歓声をあげると、フィンはもったいぶったように笑いながら兵舎の中に入って行った。


タイ子は一生懸命歩いたが、タラに着いた時にはもう太陽は高く昇り、昼近くになっていた。タイ子が今まで起きた一連の出来事を考えているうちに、時はあっという間に過ぎていった。フィンがエナを捕まえるために、特別な罠を使ったこと。またフィンはなぜトーマスの両親を捕まえて、その家を燃やすようなことまでしたのか。これはフィンが、エナが必ず二人を助けるために戻って来ることを確信して仕掛けた罠なのだ。タイ子がフィンの仕掛けた罠にかかってしまうことは十分ありうることだ。この明白な論理を前にしても、これからおこなおうとしている恐ろしい仕事を考えると、タイ子の気持ちはますますはやり、歯を食いしばって歩調を速めるのだった。

ザシキワラシの大きさはレプラコーンと変わらない。しかし髪の毛は黒く、肌の色も違うし、衣服も違う。こうした外見以外にもいくつかの違いがある。例えば、ザシキワラシはめったにその姿を見せることはない。いつも姿を現さずに行動しているのだ。むかしから、ザシキワラシは心が優しいと思った人の前にしか姿を現さず、そういう人の家に住んで、幸運と繁栄をもたらすと言われている。一方、レプラコーンは何千年もの間、さまざまな魔法を使う技を磨き続けてきて、そのおかげでレプラコーンの魔法の力は、ザシキワラシにくらべてずっと多岐に及んでいるのだが、こと姿を消すという能力についていうと、決して完璧とは言えない。フィンの罠はこのようなレプラコーンに対応するために考案されたものだから、タイ子に対しては無力かもしれない。この点に一縷の希望を託して、タイ子はタラの城門の前に立ったのである。

しかしタイ子は城門の中には入らずに、城門の外を行きかう人たちや、城壁の警備についているフィアナの戦士たちがかわす言葉にじっと耳をかたむけていた。タイ子は辛抱強く数時間もじっと耳をかたむけていたのだ。そして番兵たちが夕方の当番の交替を終えたころ、ついにタイ子の辛抱が実を結ぶ時が来た。

「この新しい時間表のおかげで、おれはくたくただ。オシーンは補充の者を連れて来るって言ってなかったか？」一人の番兵が交替の兵に聞いた。

「いいや、そういうことは聞いていない。オシーンはみんな休憩のために持ち場をほんのちょっと離れて、城の中で必要なことをすませたら、通常の持ち場にすぐに戻って来るように、と言っていた」

　タイ子は必要な情報を入手したので、城壁の中へ入って行った。前にもここに来たことがあったが、数年の間に破壊されたり、建て直されたりしたためか、城壁の内部はすっかり変わっていた。しかしタイ子にはすぐに、王の丘の上にそびえるひときわ堂々たる建物が本丸であることがわかった。

「あれがめざすところにちがいないわ」タイ子は大きな足で、泥を蹴散らして歩く者たちの間を縫うようにして、小走りに歩いた。すでにあたりは夕暮れ時で、城門の警備はいっそう厳しくなっていることが見てとれた。ここでもタイ子はあわてずにじっとあたりの様子をうかがって待った。夕暮れの最後の光がしだいに薄れ、あたりが闇に包まれると、城門を行きかう人の数もしだいに少なくなっていった。タイ子はトーマスのことを思った。ダルタ・オーグの馬小屋はここから遠い。まる一日かかるだろう。しかしタイ子はこれから自分の考えを試さなければならない、今まさにその時が来ようとしていた。四人のフィアナの番兵が槍を手に、城門の入り口をふさぐように立っていた。城ご用達の商人の荷馬車が近づいて来た、城内に食べ物や酒を配達する馬車だ。入り口でいつもの検問がある。この様子を見ていたタイ子は、四人の番兵が荷車の検問に気をとられているすきに、勇気を振りしぼって、爪先立ちで、そっと城門を通り抜け、城の中庭に入った。

姿を隠しているので自由に歩き回ることができたが、それでも十分注意しなければならない。少しでも音を出せば、タイ子の存在は気づかれてしまうからだ。いったん城門の中に入ると、男も女も城の建物に自由に出入りしている。タイ子はどこから始めたらいいか考えていた。しかしいずれにしろ城門をくぐり抜けたということは、最初の罠を通り抜けたということだ。そう考えると、タイ子は速度を速め、さらに進んで三つの建物からなる、城の中心部へと歩いて行った。最初の入り口を入ると、楕円形の玄関ホールがあり、城の本丸に通じるもう一つの入り口に通じていた。その入り口を入ると城の中枢部、本丸だった。さらに三つ目の入り口は、もう少し小さい石の建物に通じていた。数人の番兵がその石の建物の中に入って行ったので、タイ子もまずそこを覗いてみることにした。

　タイ子はまた姿を隠してそっと入り口を通り抜けた。狭い廊下の突き当たりの部屋から笑い声が聞こえてくる。番兵たちが集まっておしゃべりをしているらしい。タイ子はそっと部屋の中に滑り込んで、中の様子を探ることにした。

「グローニャは確かに美しい。しかしフィンは今はそれどころじゃないだろう。目の前の仕事を片づけなきゃならないからな」一人の番兵がみんなに向かって言った。

「グローニャはいつだったか、おれに色目を使ったことがあったぜ」別の番兵が女の兵士の反応を試そうとして言った。

「あらそう、そんなこともあったでしょうね。あんたの口臭があまり強いからついそっちを見たんじゃないの？　きついにおいで目から涙が出ていたんじゃない？」この言葉に　部屋じゅうが大笑いした。こんなふうにして、たわいのない冗談のやりとりが続いていたが、突然大柄な男が入り口に現れると、部屋の様子が一変した。居合わせた者たちは黙りこくり、うつむいて床を見ている。

「おまえたち、ここで何をやっておる」ギアムジが怒鳴りちらした。

「おまえたち、ハイ・キングの娘の話をしておったな。さっさと持ち場に戻れ。さもないと一人残らず頭をぶった切ってやるぞ」ギアムジは腰に差した刀の柄に手をやった。

番兵たちは一人残らずあわてて持ち場に戻って行った。タイ子が一人残った。床にはウィスキーの瓶や、グラスや茶碗が散乱している。ヂアムジは酒の入った瓶を取り上げるとにおいを嗅ぎ、それからぐいと一飲みした。

「あーぁ」ヂアムジは口をぬぐうと、入り口のほうへ行って、番兵たちが持ち場に戻ったかを確かめた。それからまた部屋に戻って来ると、スツールを引き寄せてその上に座り、もう一つ酒の瓶を開けた。

タイ子は床に釘付けになったように立ちつくして、次々にウィスキーの瓶を開けてはグラスに注いで飲むヂアムジを見ていた。やがてヂアムジは立ち上がると、壁に手をついて、バランスをとるように体を左右に動かしながら、寝室に通じる階段を昇って行った。

兵士たちが集まって酒を飲んでいた石の建物は、フィアナ戦士団が住む兵舎だったのだ。この兵舎は七階建てで、最上階はフィンの住まいで、そこは廊下で王の住む城の本丸とつながっている。そのすぐ下の階には鎧兜や武器をしまう部屋がある。ほかの戦士たちは、城の警備についている時は、別の階にあるいくつかの大部屋に男女が分かれて住むことになっていた。地下牢はこの建物の地下深く掘られた洞窟で、そこにアーニャとエアモンが囚われの身として幽閉されているのだった。

ギアムジはぶつぶつ何か言いながら、重い体を引き上げるように階段を昇って行った。ギアムジは見たところ明らかに上官のようだ。だからギアムジの後について行くのがいいだろう。タイ子はそう考えた。階段を昇ると大きな部屋があって、二十ほどのウールの敷物が並んでいた。ギアムジはよろよろと部屋の隅まで歩いて行くと、ベルトをはずし、隅にある敷物のそばに刀を置いた。ギアムジが鍵の束を床に投げた時、ジャラジャラと鍵の鳴る音がした。タイ子はその音にハッとして鍵の束を見た。

ギアムジはウールの敷物の上に座って天井を見た。それからウィスキーの瓶を取り上げて目の高さまで持って来ると、残っている数滴をのどに流し込んでから、敷物の上に仰向けに寝転んだ。タイ子はじっと立ったままこの様子を見ていたが、ものの十分もしないうちにギアムジはぜいぜいと音を立てて眠り始めた。その音はどんどん大きくなり、やがて酔っ払いが吐き出す大きな鼻息は、あらゆる音を呑み込むほどの大音響になって部屋じゅうに響きわたった。

ギアムジが完全に寝たとみると、タイ子はギアムジに近づいて、そばに落ちている鍵の束をもっとよく見ようとした。大きな丸い輪にたくさんの鍵がぶら下がっている。大きな輪はギアムジのベルトに刀といっしょに通っている。鍵束はどう見てもタイ子の胴体の半分はある。タイ子はかがみ込んで、両手で鍵束を持ち上げた。輪の両側を持って、何とかベルトからはずすことができたが、その時鍵束が大きな音を立てて床に落ちた。タイ子は手を止めて、ヂアムジがその音に気づいて目を覚まさないか様子をうかがっていたが、さいわいウィスキーの酔いのおかげでヂアムジは音に気づかなかったようだ。タイ子は片手で輪を持ち、もう片方の手で鍵を全部つかんで、音を立てないようにした。そうやって鍵束をしっかり持ったまま、タイ子は階段のほうへ歩いて行った。もし誰かがそこに居合わせてその様子を見ていたとしたら、鍵の束がすこし床から離れたところを浮遊するように、部屋を横切って階段のほうに動くのを見たであろう。タイ子が階段の近くに来た時、突然「パチン」という音がした。驚いて鍵の束を手から落としたタイ子はすでに、鉄格子の檻の中にいた。タイ子は罠にかかってしまったのだ。

大きな音に目を覚ましたヂアムジは敷物の上に身を起こして座った。目を細めてあたりを見回すと、コーマックの罠の一つに何かがかかったようだった。ヂアムジは頭を横に振って眠気を払いのけ、眼をこすってもう一度罠を見た。しかし罠は空っぽだった。

「きっとちゃんと仕掛けてなかったんだろう。誰かの首が飛ぶな」そう言うと、ヂアムジはまた仰向けになった。

タイ子は唇をかんだ。次に誰かが来て、よく見るまでは待つしかない。タイ子は深くゆっくりと息を吸い込んで、パニックに陥らないように、気を静めようとした。

「誰か檻を開けたら、その時こっそりと外に出て行くことができるわ。私がここにいることは気づかれないと思うけど。問題はこの鍵の束をどこか遠くにやってしまわなければ」

タイ子はヂアムジのいびきが再び聞こえてくるのを待った。それから鍵を通している金属の輪を取り上げると、それを檻の格子の間を通すような位置にまっすぐ持った。腕を振り子のように前後に動かしながら、輪を格子の間を行ったり来たりさせた。タイ子は鍵の束が元の位置にあれば、誰かが罠をリセットした時、何の疑いも与えずにこっそり外に出ることができると考えたのだ。鍵束は檻の外に出た。タイ子はそれをヂアムジの寝ているほうに向かって投げた。鍵束は首尾よくヂアムジが寝ている敷物の上に落ちた。布の上だったので大きな音はしなかった。あとは待つしかない。


「ヂアムジ、起きてください」次の朝、フィアナ戦士団の番兵の一人がヂアムジの肩をゆすって起こした。「罠の一つに何かかかったようです。どうしましょう？」

「わかった。見に行こう」ヂアムジはベルトと刀と鍵をつかむと立ち上がった。二人は階段のすぐそばにある罠のところまで歩いて行った。

「中は空っぽだ。不発ってことでしょうか？」番兵が言った。

「おそらく。ということになると、気の毒だがこれを仕掛けたヤツはフィンの怒りを買うことになるな」

「この罠を仕掛けたのはおれなんです。確かにきちんと仕掛けました。ぬかりはなかった。確かに中には何もない。もう一回念のために仕掛け直したらどうでしょう」

「フィンをだまして、困らすという方法も確かにあるが、フィンはめったにだまされない。正直に本当のことを言ったほうがおまえのためだと思う。フィンの部屋の戸を叩いて、夜のうちに罠の一つがかかったと言って来い。おれはここで待っているから」

番兵はヂアムジを一人残して行ってしまった。ヂアムジは足で檻をがたがたゆらしていたが、寝床のほうへ戻って、酒の空き瓶を敷物の下に隠した。

数分後に番兵がフィンといっしょに戻って来た。

「どうしたんだ、ヂアムジ」フィンが言った。

「夜のうちに王の罠の一つがかかったんだ。だけど中には何もいない。おれは妖精の世界のことは何も知らないから、このままほっておくよりはおまえさまにまず知らせたほうがいいと思ったのだ」

フィンは檻に近づいてもっとよく見た。

「ちゃんと仕掛けたんだな？」

「はい、わたくしが仕掛けました。ぬかりありません」若い番兵は答えた。

　フィンはさらに近づいて檻を調べていたが、突然口笛を吹いた。二匹の猟犬、ブランとスキョロンがものすごい勢いで階段を駆け上がって来たのを見て、ギアムジと番兵は後ずさりした。階段の上まで来ると、フィンは二匹にうなずいて檻のほうに行くように合図した。二匹は檻を嗅ぎ回っていたが、スキョロンが檻の戸を引っかいたかと思うと、二匹はうなり声をあげ始めた。

「お若いの、確かにそなたはきちんと罠を仕掛けたようだな」フィンはにやっと笑って若い番兵に言った。それから、もう一度かがみ込んで罠を見ると、檻の鍵をつかみ、格子の間から中を覗いて話しかけた。

「そろそろ正体を現したらどうかね、厄介者のおチビさん。さもないと檻の戸を開けて、犬をけしかけるぞ」

　突然みんなの目の前の空気がピリピリっと震えたかと思うと、ぴゅーっ、赤い着物を着て、泥んこの下駄をはいたタイ子が檻の真ん中に現れた。

「こんにちは！」

「いったいぜんたい、こいつは何者だ？」ギアムジが言った。

「わたし、タイ子よ」タイ子はそう言うと、二匹の犬に向かって手を振った。ブランとスキョロンはすぐにうなるのをやめて、フィンの隣りに座った。

「おまえはレプラコーンじゃないな。ヤツはどこにいる」フィンが聞いた。

「よくわかったわね。わたしはレプラコーンじゃないわ。ザシキワラシよ。どこにいるって、誰のこと？」

フィンはタイ子の問いには答えず、唇を親指でなでながら言った。

「レプラコーンのことは知っているのか？　チビのタイ子」

「じつはわたし、あるレプラコーンから招待されてここに来たの。ここってタラじゃなくてアイルランドにね。わたしを招待したのはレプラコーンの王さま、ブライアン・フォイで、わたしは地球の反対側の国から遠路はるばるやって来たの。王さまはもう集会を始めていると思う。きっとわたしのことを怒っていると思う。王はクーリー山脈に着いたら、どこにも行くなと言っていたんだけど、わたし、前にも一度アイルランドに来たことがあるので、ちょっとこの美しいタラの町を見たくなって、昨日の夜クーリー山脈からここまで歩いて来たの。でもわたしが前に来た時からすると、ずいぶん変わってしまったわ。あれは確か、五百年か、六百年前だったと思うけど」

「妖精王のブライアンか。なるほどそれは豪勢な集会に呼ばれたもんだ。それで何人来たのかね？」フィンは尋ねた。

「日本からはわたし一人よ。でも同じアジアの地域から、メネヒュウネとチャネックが呼ばれたから、三人でいっしょに来たの。でも世界じゅうからもっとたくさんの妖精が呼ばれているわ。ブライアンはお待ちかねだから、今すぐ行かせてくださいな。そしたら妖精王はあなたにごほうびをくれると思う」

「さて、今すぐ行かせていいかどうかわからんな。というのは、たまたまタラのハイ・キング、コーマック・マック・アートがエナというレプラコーンの訪問をお待ちかねなんだ。エナには会ったことがあるかね？」

「エナですって。会ったことないわ。ウナは知ってるけど、エナは知らないわ。どうしてハイ・キングさまはエナにお会いになりたいの？　この檻から察すると、友だちを待っているっていう感じがしないけど」

「話し始めたら長くなるから、それはまたの機会にしよう。今はわしはおまえさんのことがもうちょっと知りたいのだ。チビのタイ子。そもそもザシキワラシって何だね？　おまえさんが話している、日本というのはどこにあるんだね？　わしはおまえさんとおまえさんの友だちのことがもっと知りたいんだ」

フィンはこれまで自分が知っているかぎりの世界はあちこち旅してきた。スコットランドにいたころは、アルバン・ケルトと言われる北欧地方の妖精たちのむかし話を聞くために、スコットランド沿岸の島々を旅した。そんな話の中には、寒い冬の間は家畜に餌をやり、百姓たちを助ける小人の話もあったから、フィンはタイ子の言うことは決してでたらめではないと思った。しかし今この時期にやって来た、ということが怪しいと思ったのだ。

「日本はちょうど地球の裏側にある国よ。あなたたちが船で行ったら、何年もかかると思う。でもわたしは、ブライアン王のおかげでここにいるの。王がちょっと魔法の扉を開けてくれたから。日本の人はこの国の人のように巨人ではないわ。でもとても勇敢で、あの人たちが持っている刀は世界じゅうで最も鋭いと言われている。でも、困ったことに刀を使いすぎるの。アイルランドは寒くて、雨が多くて、泥だらけだけど」タイ子は泥だらけの下駄を見せながら続けた。「でもわたしはアイルランドが大好きよ。アイルランドの音楽や踊りは楽しいわ。世界じゅうの悲しみを忘れさせる力があると思うの。ねえ、わたしの仕事は人を幸せにすることなの。それがわたしの特別な才能なの。ザシキワラシは周りの人に幸運をもって来ると言われているのよ。でもちょっと違うところは、私たちは一度に一家族しか幸福にすることはできないの。世の中には助けてあげたい人はたくさんいるけれど」

フィンは驚いて、大きく目を見開いて言った。

「どうやって幸福を与えるんだね、チビのタイ子」

「幸福を与えるのはわたしたちの『たましい』なの。わたしたちの心と言ってもいいわ。魂が触れた家族に幸運を与えるの。誰であれ、この人たちには自分の姿を見せようと決めた人に、幸運を与えるのよ」

おそらく、タイ子は正直に話したのだろう。あるいは、タイ子はエナに頼まれてここに来たのかもしれない。いずれにしても、フィンはタイ子が今この時期に来たことの意味を無視することができなかった。もしもタイ子がエナとの関係について嘘をついているなら、それならそれでもっと好都合だ。エナをおびき寄せる餌が増えたことになるからだ。しかし一方、もしタイ子が言っていることが全部本当だったら、フィンはタイ子を自分のためにそばに置くことにしよう。つまり自分をタイ子の魂の範囲内に置くことにしよう。

「タイ子、わしは家来のことは信頼している。おまえさんがここにいることを他人に言う者は誰もいないだろう。しかしわしは王のことはあまり信用していない。もし王がおまえさんがここにいることを聞いたら、何をするかわかったものではない。もし今、このままおまえさんをブライアン王のところに行かせてしまったら、王はわしか家来に危害を与えるかもしれない。だからしばらくわしの部屋にいてもらおう。わしの部屋は安全だ」それからフィンはブランとスキョロンを指さして続けた。

「あの二匹の犬はわしの忠実な友だちだ。おまえさんの相手をしてくれるだろう。王がエナの処分を決めたら、クーリー山脈まで連れ戻してやろう。約束する」

フィンは床から敷物を一枚取り上げると、檻の上にかけて、片腕で檻を肩にのせると、寝室に戻って行った。その後をブランとスキョロンがぴったりとついて行った。

部屋に戻ると、フィンは木の板を窓にはめ込み鍵をかけた。それから檻をベッドの近くに置き、かぶせていたシートを持ち上げた。

「しばらくはここでゆっくりと、好きなようにしていればいい」そう言ってフィンは檻の鍵を開けた。

「しかし注意しておくが、姿を隠す術は使うんじゃないぞ。ブランとスキョロンはおまえさんには優しくするだろうが、姿を隠す術を使うと、怒ることもあるからだ。わしはこれから王のところに行って、報告することがある。今夜ここに戻って来る」

フィンは部屋を出て行った。タイ子は巨大な二匹の犬と部屋に残された。二匹はタイ子の動きをじっと見守っている。タイ子の任務は失敗に終わった。トーマスの両親を助けることも、トーマスと約束通り日本に戻ることもできなくなった。今はエナだけが望みの綱だ。しかしフィンに囚われている時間が長引けば、救出作戦はそれだけ難しくなるだろう。

魚の骨

ダルタ・オーグの馬小屋はまる一年の間空き家だった。小屋の中は湿っていて、腐った馬の糞が床に散乱していた。タイ子を待つ間の退屈しのぎに、ダルタは母屋からウィスキーの瓶を数本持って来た。ダルタがウィスキーを飲み続ける間、トーマスは小屋の隅に座って、酒も飲まずに、黙って、ひたすらタイ子からの連絡を待った。三日目の夕方になってもタイ子は戻って来なかった。トーマスがタイ子との約束を果たす時が来たのだ。

「何かほかにできることがあるんじゃないかな」ダルタは何かを探し出すような身ぶりをしながら、トーマスに言った。

「ないと思うよ。例えば、一人のレプラコーンを捜すために、クーリー山脈を登ってみるとしても、どこから始めたらいいかわからない。エナだけが頼みの綱だ。ぼくはタイ子が言ったように、日本に帰るよ。そもそも最初にぼくがエナに頼まれたことをしなければ、こんなことにはならなかったんだ。ぼくは馬鹿だった。いずれにしろ、ダルタ、今回は世話になった。ありがとう。きみにまた会えてよかったよ。だけどこのことはぜったいに誰にもしゃべっちゃやだめだよ。さもないと、きみはフィンの怒りの餌食になっちゃうからね」

トーマスは馬小屋を出て、ポケットから指輪を取り出すと、広い畑のほうへ歩いて行った。それから目を閉じて、三回深く息を吸うと指輪をはめた。そのとたん、トーマスの姿は消えた。入り口に立ってこれを見ていたダルタ・オーグは目をぱちくりして、今目の前で起こったことは本当だったのだろうかと、あたりを見回した。

トーマスが藍の作業場に現れた。藍は走り寄ってトーマスを抱きしめた。

「どうしたの？　何があったの？　何日も帰って来ないから心配したわ。タイ子はどこ？」

「いなくなっちゃった。何もかもなくなっちゃったんだ。フィンはぼくの家を焼いてしまったんだ」

藍はハッと息を呑むと、トーマスから手を振りほどき、両手で口をおおった。それからトーマスの肩をつかんでテーブルのそばに座らせた。

「さあ、何があったか全部話して」

トーマスが話し終わると、二人はしばらく相手をじっと見つめたまま、黙って座っていた。ようやく藍が口を開いた。

「タイ子の言う通りだわ。そのうちエナが現れて、何もかも解決してくれるわ。だから希望を捨てないで待ちましょう。あなたのご両親も今のところは大丈夫でしょう」

一日が過ぎ、二日が過ぎ、また次の日が過ぎていった。時間のたつのはとても遅く感じられた。こうして一週間が過ぎ、二週間が過ぎ、三週間目が過ぎようとしていたが、エナからは何の便りもなかった。

タラに閉じ込められたタイ子にとっては、時はさらにゆっくりと流れていくように感じられた。タイ子は昼間はフィンの部屋の中を自由に歩き回ることができたが、夜は部屋の隅の急ごしらえの個室に閉じ込められた。ブランとスキョロンは一日じゅうタイ子から目を離すことなく見張っていた。タイ子がちょっとでも身を隠そうとすると、うなり声をあげるのだった。

一方、時がたつにつれて、タイ子の魂から幸運がフィンのほうに移っていっているように思われた。フィンは夜にはおだやかに眠ることができた。ハイ・キング、コーマックとの仲も絶好調で、二人は毎晩、飲み食いしながらおしゃべりに興じた。二人は最近王国で、何もかもがうまくいっていることを喜び合った。長く続いた中西部のコナハトの部族との争いにも平和的な解決のきざしが見えてきた。このところの好天続きは、豊かな収穫を約束しているようだった。しかし何といっても二人の話題の中心は、近くおこなわれることになっている、フィンとコーマックの娘グローニャとの結婚式だった。このめでたい時を機に、コーマックは国じゅうに散らばるケルトの部族のおもだった者たちをタラに招待し、伝説的な英雄フィン・マックールと娘の結婚によって、両家が一つの強い絆で結ばれる瞬間に、立ち合わせようと考えていた。

結婚式を数日後に控えた夜のことだった。フィンとコーマックは大広間に座って、台所で調理したものが運ばれて来ると、何もかもむしゃむしゃと食べて味を試していた。

「わしは、キリスト教の神父たちと、異教の僧ドルドたちの両方と話をしたが、両者ともそろって、われわれ両家の結婚はこの先千年にわたって、この国に平和と繁栄をもたらすであろうと予言しておったぞ」

コーマックはフィンに体を近づけると、自慢げにささやいた。

フィンはうなずくと、盃を高く掲げて「われらが千年に乾杯！」と言った。

二人はたがいに音を立てて盃を合わせてから、一気に飲んだ。

「あーあ、なんてうまい酒なんだ」盃を飲み干したフィンは、思わず叫んだ。

「さすが、フィン、おまえはいい舌をもっておるな」コーマックは笑いながら言った。

「その酒は、ドネゴール地方の名峰エリガル山を流れる川の水に、わが国で採れる最高の麦を混ぜ合わせて造った酒だ。これは毒見用のものだが、わしはすでにこの酒を五百樽そなたの結婚式のために注文したのだ。わしはその最初の夜に、出席したすべての者たちにこの酒をふるまって、われらが田畑で汗水を流して働いて実を結ぶものが、戦いによって得られるものよりはるかにすばらしいものであることを示したいと思っている。平和とみなの者の協力だけが、この国をより強い国にすることができるのだ」

「そしてみんなは、わたくしこそが、そのためのかしこい道を知る者だと言っています」フィンが言った。

「わしはこれまでもこれからも、そなたはわしと同じ意見だと信じておる」二人は笑って、再び盃を合わせて、未来のために乾杯した。

夜が更けるにつれて、二人の会話はさらに熱を帯び、結婚式の細部にわたる準備や、出席する部族の族長たちといかに戦略的に良好な関係を維持していくべきかということにまで及んでいった。夜中近くなって、二人はようやく話を打ち切り、フィンは自分の寝室に帰って行った。

フィンはベッドの上に座って、そばに控える二匹の猟犬の頭をなでていた。タイ子は個室の中に入れられていた。近ごろではフィンとタイ子は毎夜おしゃべりをした。タイ子は今ではフィンにとってお守りになっていて、フィンの暮らしに良い影響を与えていることは明らかだった。そしてフィンはタイ子がどこから来たのか、ザシキワラシとはどんなものなのか、もっともっと知りたいと思うようになっていた。フィンはおおむねタイ子に対して親切だったが、それでもフィンの心の中には、タイ子がエナを知らないということを完全に納得できない部分があって、そのためにときどき根掘り葉掘りしつこく質問して、タイ子を困らせることがあった。

「いつわたしを自由にしてくださるの？　もう三週間以上もここにいるわ。わたし家に帰りたいの。ブライアン王はわたしのことをもう許してくれないと思う」

「おまえさんをこんなに長い間閉じ込めて、すまないと思っているよ、タイ子。おまえさんは約束通り、わしらを大いに助けてくれている。短い間だけどそれは明らかだ。エナはハイ・キングの前には姿を現さなかったのかもしれない。いずれにしろ、結婚式が終わったら、おまえさんをクーリー山脈まで連れて行って、自由にしてやろう。だけで今はアイルランドにとって、とても大切な時なんだ。わしはハイ・キングの娘と二日後に結婚することになっている。明日の夜は、結婚式に参列するためにやって来るアイルランドのケルト部族の有力な者たちとの友情の絆を深めるための、最良最適な機会なのだ。あの者たちとの絆が深まれば、それだけアイルランドの平和的な未来が確実なものとなるからだ。だからタイ子、わかるだろう?、わしらはそのためにどんな小さな幸運でもほしいのだ。安心してくれ、わしもおまえさんとの約束を必ず守るから」

そう言うと、フィンは横向きになって寝てしまった。一人残されたタイ子はさまざまな思いをめぐらして起きていた。

次の朝、大広間の屋根からは煙が立ち昇っていた。料理人たちは、二十頭の野生のイノシシと、百匹の巨大なアトランティック・サーモンを夕べの宴のために用意していた。城内では男たちが、ベンチやスツールなどの備品を運んで、部屋の中を右往左往しているため、城じゅうに物がぶつかり合う音が響いていた。オシーンとヂアムジは準備の進行状況を見守り、これから到着する客たちのために、すべてがぬかりなく準備されているか、厳しくチェックしていた。

夕方も早いうちに、最初に到着したのはアイルランドの南、マンスター地方の男女の一行で、タラの町を行進して現れた。マンスターの多くの部族の中から選びぬかれた最強の五十名の者たちが、悪名高き王、フィアフー・ムイレハンに随行して現れた。その後まもなく、西のケルト、コナハトの部族の中から選ばれた五十名がルアリー・オー・コノールに導かれて到着した。

到着した人々でひしめき合う中庭にフィンが入って来ると、みんな突然口を閉じ、緊張した面持ちでフィンを見た。誰もがフィンにまつわる話を聞いていた。しかしこの伝説的な人物を実際に見たことのある者はほとんどいなかったのである。フィンは中庭を横切って、二人の指導者、フィアフーとルアリーに近づいて挨拶をした。フィンの両側にはオシーンとヂアムジが立っていた。中庭にはささやき声と、落ち着かなく体を動かす馬の足音がときどき聞こえるだけだった。

「フィアフー殿とルアリー殿、おいでいただき光栄に存ずる。ハイ・キングはそなたたちの到着をこの上なく喜ぶことであろう」

「ハイ・キング自ら出迎えには来られぬのか？」フィアフーが言った。

フィアフーが言い終わらないうちに、ルアリーが馬から飛び降りて、威張った足どりでフィンに近づくと、恐ろしい目つきでフィンをにらんだ。ルアリーはがっしりした体格の無骨な男で、肩には狼の毛皮を羽織り、幅広い刀を背中にぶら下げている。ルアリーのこうした恐ろしい姿は有名だった。

「マックールよ。おまえは話に聞くほど大きくないじゃないか。おまえの槍の一撃のすごさというのも、もしかしたら大げさなんじゃないか？」

ルアリーのこの言葉を聞いた瞬間に、ヂアムジが刀の柄を握った。ヂアムジは本当に刀を抜こうと身がまえたが、その時フィンが手を伸ばして彼を押しとどめた。


「オー・コノール殿、そなたたちはハイ・キングご直々の招待によって、今日この場に来られたのだ。わたしは結婚式の前に血を流して、神々の怒りを買いたくない。わたしはそなたに酒を飲んで余計なことを言わないようにお勧めする。さもないとわたしの刀の切れ味をそなた自身が身をもって知ることになるであろう」フィンは表情一つ変えずに言ったが、ルアリーもひるまずに相手をにらみ続けた。中庭にいる者たちはかたずを飲んで二人を見ていたが、ルアリーはにやりと笑うと、軽くうなずいて後ろを振り向き、部下の者たちに大声で言った。

「みなの者、酒だ！」みんないっせいに歓声をあげると、馬から飛び降りた。ヂアムジとオシーンが宴会場に案内した。そこではすでに樽の栓が抜かれ、酒が流れ出ていた。

フィアフーはフィンに歩み寄り、両手で肩を抱き、軽く叩いて言った。

「フィン、また会えてうれしいよ。ところでハイ・キングはわしらが税を納めていないので、まだご立腹かな？」

「何も心配することはない、フィアフー。王はそなたが家来を連れて城に来たことをたいそう喜んでおられる。コーマック王は今夜、後で直々にそなたたちに話されることになっている」フィンが言った。

「ところで、アルスターの連中はやって来るのか」フィアフーが聞いた。

「ヤツらは、残念なことに相変わらず頑固だが、心配するな、そのうちヤツらもやって来てテーブルにつくであろうから。まじめな話は後でじっくりすることにして、まずは心ゆくまで飲んでくれ。今夜は、尊敬すべき客人がたのために極上の酒と料理と音楽を用意してあるから」フィンはフィアフーの肩を叩くと、フィアフーを案内して大ホールの中に入って行き、すでに盃を酌みかわしている者たちの仲間に加わった。

それからしばらくして、最初の数樽が空になったころ、ハイ・キング、コーマック王が大ホールに入って来た。その後からグローニャが数人の侍女を従えてついて来た。フィンは王とグローニャの到着を告げて言った。

「みなの者。アイルランド王のために起立！」

コーマックはフィンの近くに歩いて行った。フィンの隣りにはオシーンとヂアムジと年老いたテイグ・マック・ケインがいたが、ケインはハイ・キングに挨拶をしようと、よぼよぼの体を起こして何とか立ち上がろうとしていた。

「テイグ、馬鹿なヤツめ、立たずともよい。そのままで苦しゅうない」王はテイグを押しとどめて言った、テイグはそれでも頑張って、他の者たちと同じように立ち上がった。ハイ・キング、コーマックは、大ホールの奥にしつらえられたU字形のテーブルの上座に、忠実な上官たちを従えて、誇らしげに力をみなぎらせて立った。マンスター地方とコナハト地方の選りすぐりの代表団の上官たちがその両側に並んでいた。マンスターが左側に、コナハトが右側に。残りの者たちは、中央に燃える火の両側にまっすぐ伸びるいくつかの直線の上に並べられたベンチに座り、顔をそれぞれの上官のほうに向けていた。

フィンが大きな盃になみなみと酒を注ぎ、コーマック王の手に渡すと、王はそれと引き換えに、娘グローニャを未来の夫フィンのそばに案内し、立たせた。それから王は、居並ぶ者たちのほうを向いて、乾杯の言葉を述べ始めた。

「みなの者、今宵は遠路はるばるここタラの地にようこそおいでくだされた。心からお礼を申し上げる。今宵は祝いの宴である」そう言ってから、王は言葉をおき、しばしフィアフーとルアリーのほうを見てから続けた。

「われらはそれぞれ意見の違いはあるであろう。しかし誰もがこの偉大な国を愛するという点は同じである。そしてその同じ愛こそがわれわれを結ぶ絆であり、その絆が国の平和と繁栄をもたらしてきた。今宵われらが供する素晴らしい料理、酒、そして音楽はその友情の証しである。ようこそ、タラへ！　ぞんぶんに食べ、飲み、楽しんでいただきたい。夜が更けるころにはみなの腹が破裂するほどまでに。友情に乾杯！」

王は盃を上げると、なみなみと注がれた酒を一気に飲み干した。居並ぶ者たちもみな、あわてて王に従った。空になった盃にはさらに酒が満たされた。王はざわめきが収まるのをしばらく待って、再び話し始めた。

「わしはこのたび、わが家族の一員にフィン・マックールを加える名誉を得た。わしはこの結婚による未来に大いなる期待を寄せている。すなわちフィンとわが愛する娘グローニャは多くの子孫をもたらし、その者たちが、アイルランドのさらなる発展と繁栄に寄与するであろう。わしはここで二人のためにもう一度乾杯をしたいと思う。フィンとグローニャのために乾杯！　二人の結婚がわが国とその将来の繁栄をますます確かなものとするように」

こう言うと、コーマックは再び盃を飲み干した。

「さあ、ここからは思うぞんぶん楽しもうではないか」コーマックが手を叩くと数人の楽師が、中央のU字形の席の近くに歩み出て曲を弾き始めた。樽からは酒がとどまることなく流れ、いよいよイノシシと鮭のすばらしい料理が、さまざまな新鮮な野菜とともに運ばれて来た。たくさんのがさつなケルトの戦士たちが、肉や魚にかぶりつき、むしゃむしゃと食べる音も、今宵は楽師たちが軽快な手さばきで奏でるジグやリールの楽しいわくわくするようなメロディーにかき消されていた。

宴は夜が更けるまで続き、やがて男も女も火を囲み、歌い、踊り始めた。ルアリーは席から立ち上がると、パンパンにふくれあがった腹をゆすりながら、グローニャの腰元の一人に近づき、手をとって踊りに誘い込んだ。他の者たちはそれを横目で見ながら、相変わらず食べ続けている。コーマック王は席を立ち、フィアフーのほうを向いて、盃を上げて言った。

「過去のことは過去のこと。今日はようこそおいでくだされた」

フィアフーもそれに応えてうなずくと言った。

「われらはご招待をいただき、うれしゅうございました。さすが王さまは祝宴のプロであらせられる」

フィンも王の言葉に続けて言った。

「まだまだこんなもんではないぞ。王が明日どんな宴を用意されているか、楽しみにするんだな」

「それは楽しみなことで」フィアフーが言った。


その時、突然グローニャが叫んだ。

「父上、父上。いかがなさいました？　誰か父上をお助けしておくれ」

コーマックが両手でのどを押さえ、苦しそうにうめきながら前に倒れた。まだ席に座っていた族長たちはいっせいに王を見た。王はつい今しがたまで大きな魚の切り身にかぶりついていたのだ。フィンは席から跳び上がると王に駆け寄って、手のひらで王の背中を叩いた。一回、二回、三回叩いたが、何も出てこない。コーマック王の顔は真っ青になり、苦しそうにあえぎ続けるために目は血走っている。騒ぎに気づいた楽師たちが突然演奏を止めたために、大ホールに居合わせたすべての者たちがあたりを見回した。ルアリーは踊るのをやめて、眼を細めて何が起こったのか確かめようとしている。

フィンは両腕で後ろから王を抱きかかえると、肋骨の下で手を組んで、王の体を力いっぱい締めつけるようにして、王を地面から持ち上げた。一回、二回、今回も三回試みたが、王は何も吐き出さない。王からはすでに生気が失せ、手はだらんと下がっている。フィンはもう一度力いっぱい王の体をぐいっと引っぱり上げた。大きな魚の骨が口から飛び出して、テーブルを越えて床に落ちた。ギアムジは急いでテーブルの上を片付けると、その上に王を仰向けに寝かせた。テイグは王の上にかがみ込んで王の様子を調べた。まず手のひらを王の胸の上に置き、心臓の鼓動を感じ取り、耳を王の口元に近づけて、息を調べようとした。それからテイグはフィンのほうを見てひとこと言った。

「行ってしまった」

この言葉を聞いてルアリーは、テーブルの近くに大股で歩み寄り、言った。

「行ってしまった、とはどういう意味だ」

テイグは話すことができず、ただじっとフィンを見ていた。

ルアリーはテイグの肩をゆすって言った。

「おい、じいさん、どういう意味だね？」

「王は亡くなられたと申したのです。ハイ・キングは亡くなりました。魚の骨をのどに詰まらせて」テイグが言った。

「そうであったか。ハイ・キングが死んだなら、ここにはもう用はない。王には跡取りはいない。王の名を継ぐ息子がいないからな。アイルランドにハイ・キングがいなくなったのだ」ルアリーは大声で言うと、家来のほうを向いて立ち去るように手を振った。

その時、オシーンが口を開いた。

「ルアリー殿、そなたは王がフィンを家族の一員として迎えたと仰せられたのを、その耳でお聞きになられたのではなかったのですか。そうであれば、フィンこそが次のハイ・キングの継承者です。フィンがハイ・キングになるべきです」

去ろうとしていたルアリーは足を止めて、フィンを指さしているオシーンを見た。

「わしは何も聞いておらぬ。王になる権利はコナハトの人間のほうが、フィン・マックールなんかよりずっと強いんだ」

これを聞いて、フィアフーも黙ってはいなかった。

「わしの生きているかぎり、南のマンスターの者たちが、西のコナハトから来たハイ・キングに頭を下げるようなことは絶対にさせない」

これを聞いてルアリーはこぶしを握りしめて、フィアフーに向き直って言った。

「よし、決着をつけようじゃないか」

その時、フィンがルアリーの前につかつかと歩み寄り、手のひらでルアリーの頭を叩くと、そのまま押さえつけて、片手でそばにあった金属のスプーンをつかんだ。それからフィンはそのスプーンをのどから脳髄にぐさりと差し込んだ。ルアリーはその場にバタンと倒れ、こと切れた。

部屋中が静まり返った。居合わせたすべての者がフィンを見て、黙って立っている。ルアリーの家来たちさえも、今目の前で起こった出来事に恐れおののき、その場に立ちつくしていた。

フィンは足元の遺体を見た。それからテーブルの上に横たわる、友、ハイ・キングの遺体を見た。そして、部屋じゅうに向かって宣言した。

「ルアリーはハイ・キングを侮辱した。それゆえ、当然のこととして死をもって償わせたのだ。ほんの数時間前、そなたたちはこの部屋に座って、コーマック・マック・アート王がこのわたしを、王の家族の一員として迎えたことを自ら話されたのを聞いた。これは偶然の出来事でも、軽々しく口にされたことでもない。長年の間、ハイ・キングはわたしの最も親しい友であった。それゆえわたしは王の望みを尊重する。われわれは王の死をともに悼み、また同時に四十年の長きにわたるハイ・キングの在位を祝おうではないか。そのあと、わたしはグローニャと結婚し、王の血筋が続くことを確実なものとし、ハイ・キングの座につくことになるであろう」

まだコーマック王の胸に手を当てて立っていたテイグが言った。

「フィン・マックール、アイルランドのハイ・キング、万歳！」

これに続いてフィアフーが言った。

「フィン・マックール、アイルランドのハイ・キング、万歳！」

この声を聞いて、部屋じゅうの者たちが声を合わせて言った。

「フィン・マックール、アイルランドのハイ・キング、万歳！」

第三幕

ティンパン―パート2

タラの町ではすべてのおもな道はタラの城に通じている。そして道がまじわるところには市が立っていた。市は一週間のうち七日間、すなわち年がら年じゅう立っていて、あちこちから集まって来る農夫や、商人や、楽師や、いかさま師がそれぞれの暮らしを立てるために忙しく動き回っていた。

この日、一人の若者が、市から少し入った路地の地面にあぐらをかいて座っていた。はだしで、ぼろぼろの服を着ているが、手にはピカピカの真新しいティンパンを持っている。若者がティンパンを弾き始めると、四、五人の通りがかりの者が足を止めて集まって来た。その調べには聴く者を惹きつけてやまない力があった。聴いていると、遠い過去の思い出やなつかしさがよみがえって来て、幸せな気持ちになるのだった。曲が終わるごとに、聴き入る人たちは、銀貨や食べ物を若者に差し出し、若者はそれに応えて微笑みながら、軽く会釈を返した。

拍手や歓声が大きくなると、さらに大勢の人が若者の前に集まって来て、やがて十数人の人垣ができた。若者は驚いて目の前の人たちを見渡した。みんな立派な身なりの人たちだ。若者はさらに聴衆を喜ばせようと、技巧をこらし、人々の気に入りそうなケルトの曲を即興で弾き始めた。若者のみごとな手さばきに人々が称賛の声をあげると、曲はさらに複雑さと速さを増していった。弾き続けるうちに、あたりは暗くなり、若者だけが一人、内からあふれ出る情熱に駆り立てられて弾いているように思われた。突然、すべての力が吐き出されてしまったように、若者は弾くのをやめた。そしてあたりを見回して驚いた。さっきまで熱心に聴いていた人たちが、あちこちに倒れ、死んだように眠っていた。

若者には何が起こったのかわからなかった。しかし、ここをすぐに立ち去ったほうがいい。そう思って、ティンパンと目の前の施し物を袋に詰めて立ち上がった。立ち去る前に若者はもう一度地面に倒れている人たちを振り返った。みんなまだ死んだように眠っている。

その時、若者は考えた。

「もしこの人たちが倒れなかったら、もっとたくさんの銀貨をくれただろう。みんなぼくの音楽が気に入っていたみたいだから」

それから若者は倒れている人たちの、ポケットやカバンを探って、いくらかの銀貨を集め始めた。肩からティンパンをかけ、倒れている人たちの間をよろけながら歩いた。いびきをかいて寝ている人たちから少しばかりの金を集めるのは難しいことではなかった。時間はたっぷりあった。こうしていくらかのおまけの銀貨でポケットがいっぱいになると、若者はこっそりとその場をあとにした。

しばらくしてみんなが目を覚ました時、何が起こったのかすぐにはわからない様子だった。呆然として地面に座り込んでいる者、頭を掻いている者。しかしポケットから数枚の銀貨がなくなってはいるものの、とくに身の周りに変わったことは起きていないようだ。ただ若者の姿が目の前から消えている以外は。人々はよろよろと立ち上がると、不思議に思いながら家に帰って行った。

若者は自分のすみかの、古い家の近くの溝の中に戻ってから、袋の中の銀貨を数えた。生まれて初めて、金を払って食べ物や服を買うことができる。信じられないことだった。ティンパンのケースを見下ろしていると、涙があふれて来た。涙は頬を伝って地面に落ちた。すぐにでも町に走って行って食べ物を買いたい衝動に駆られたが、思い返した。誰かがおれを探しているかもしれない。町に行かないほうがいい、少なくとも今は。若者はそう考えて思いとどまった。

数日がたった。市場は相変わらずにぎやかで、人であふれていた。若者は前とは違った場所を選んでティンパンを弾き始めた。少しずつ若者の周りに人々が集まって来ると、若者はさらに気持ちをこめて弾いた。音楽は人々の心をとらえ、みんな熱心に耳をかたむけた。若者は聴いている人たちから目を離さずに弾き続けた。しばらく弾いていると、目の前の数人が倒れた。続いて次々に倒れていき、やがて聴いている者たちはすべて地面に倒れ、深い眠りに落ちていった。いったいこれはどうしたことだろう。なぜこのようなことが。若者は何度も首を横に振って、目の前の不思議な出来事のわけを考えようとした。しかしそうしてはいられなかった。この日は人々は音楽に心を奪われて、施しを与えるひまもなく、そうしているうちに倒れてしまったのだった。若者は急いでティンパンをしまうと、寝ている人たちのポケットからもらえるだけの銀貨をちょうだいして、急いでその場から立ち去った。

このようなことが数週間続いた。若者はいつも違う場所を選んでティンパンを弾いたが、眠っている人たちからちょうだいする銀貨の量は確実に毎回増えていった。そのうちに噂が広まり始めた。若者は身の危険を感じ、タラから脱出することにした。蓄えた金でみすぼらしい服を買い、旅回りの行商人に金を払って荷車に乗せてもらい、タラを出て、ほど遠からぬところにあるケルズという町に向かった。

ケルズに着くと、若者は一軒の居酒屋の主人に頼み込んで、毎晩数曲の音楽を弾くのと引き換えに、そこに住まわせてもらうことができた。若者は生まれて初めて自分が落ち着く家を持ったのだ。居酒屋の主人もそこに集まる人たちも、みんな親切だった。しばらくは、若者は内からあふれ出る自分の音楽を弾きたいという強い衝動を何とか押さえて、なじみの古い曲を数曲弾くことで満足していた。それでも居酒屋の主人は大いに喜んだのだ。

しかし、若者を内からあふれ出る音楽へ駆り立てる衝動は、抵抗しがたいものだった。それは富や名声のためではなく、ただひたすら内からあふれる音楽を弾きたいという強い気持ち、中毒のようなものだった。若者はときどきタラにこっそり戻り、あちこち場所を変えてティンパンを弾いた。若者は以前ほど頻繁に弾くことはなく、ただときたま出かけて行ったのだが、この、人を酔わせ、眠りに陥れる不思議な大道芸人の噂は、やがてハイ・キングの耳に届くことになったのだ。

ある日、タラの宮廷で、ハイ・キング、アート・マック・クインと市場の数人の商人が待つ前に、数人の者たちが現れた。みんな若者の音楽を聞いた者たちだった。ハイ・キングの前に通されると、一人一人が順番に話し始めた。

「それはまるで市場全体が悪魔の手に落ちたかのようでした。そこに居合わせた者すべてが、わけもわからぬうちに意識を失い、倒れていったのです」初めに口を開いた男が言った。

「わたしなんぞは、ヤツの音楽など気にも留めておりませんでした。わたしは屋台で魚を売っておりましたが、突然倒れ、気がついた時には床に横になっていました。そしてわたしの売上金はすべてなくなっていました」別の男が言った。

アート王は三十人の男たちの苦情にじっと耳をかたむけていた。それぞれの話にいくぶんの違いはあるものの、大筋は同じだった。その不思議な大道芸人はティンパンを弾いて、聴く者を無意識のうちに眠らせ、金品を奪って立ち去って行くのだった。アート王はこれらの話を聞くうちに、自分もその悪魔のようなティンパン弾きに会ってみたいと思うようになった。そこで次の日、王は国のすみずみにまでおふれを出した。そのおふれとは次のようなものだった。

「アイルランドの王は宮廷において音楽の競技会を開く。腕に自信のある者は、誰でもその腕前を王の面前で披露することができる。年齢、性別、身分を問わない。

この競技会で優勝した者は、アイルランドで最も優れた音楽家として、宮廷での楽師としての名誉を与えられるであろう」

アート・マック・クイン王は考えた。もしも聴く者たちが意識がなくなるまで眠らされてしまうとしたら、何らかの魔法がはたらいているにちがいない。もしそのようなことが本当なら、これは困ったことになるかもしれない。この魔法が自分にとって、さらには王国にとって脅威となるものかどうか調べなければならないだろう。いずれにしても、ハイ・キングは今、タラの町に広がっている、この不思議な若者の話の真相を突き止めようと心に決めた。

一方、若者はケルズの町で平凡な日々を送っていた。毎夜、居酒屋の主人のために数曲を弾き、その後は、酒場に集まる客たちと話をしたり、客たちの話に耳をかたむけた。ある夜、二人の旅人が一夜の宿を求めて、居酒屋を訪れた。初老の男とその娘で、北の町からタラの都へ行く途中で立ち寄ったのだ。若者がティンパンを弾く間、娘はちびりちびりと酒をすする父の隣りで黙って聴いていたが、そのうち曲に合わせて、自作の詩を語り始めた。娘の澄んだ声の響きと優しい語り口は、酒場に居合わせた人々の耳をとらえ、みんな熱心に聴き始めた。これを見た若者は、もっと本気で歌うようにと娘を励ました。娘は椅子から立ち上がると、優しい声で詩を語り始めたが、やがて美しい節をつけて、優しく歌い始めた。娘が歌い終わると、酒場は客たちの拍手ではちきれそうだった。その時、娘の父親が立ち上がって客たちに娘を紹介した。

「わたしはウアクターと申します。ここにいるわたしの娘の名はエイニャです。明日わたしたちはタラの王宮に行って、ハイ・キングの御前で演奏する名誉にあずかることになっています」

酒場にいた他の数人の楽師たちも、二人にタラにいっしょに行こうと声をかけた。若者は娘に近づき、ティンパンに合わせて歌ってくれた礼を言ったが、その時、他の楽師たちが、明日タラの都で、楽師たちの競技会があることを話しているのを小耳にはさんだ。

「ウアクターさん、娘さんはすばらしい声をしていますね。いいえ、それ以上です。わたしは今までこんなに美しい声を聴いたことがありません。もし娘さんがアート・マック・クイン王の前で明日歌ったら、王の心を必ずやつかむことになるでしょう」一人の女性が言った。

「ご親切に、ありがとうございます」エイニャが言った。

「お目にかかれてうれしいです」ウアクターは椅子に座りながら、その女性に手を差しのべて握手した。

「エイミアと申します。ここにいるのはわたしのバンド仲間です。わたしはフィドルを弾きます。ここにいるドナルはフルートを、キアラは向こうにあるあのハープを弾きます」エイミアは入り口に立てかけてある大きなハープのケースを指さして言った。

「そうですとも、わたしたちはみんなあの大きなハープをずっとここまで運んで来たのよ。とても楽しかったわ！」キアラはみんなを笑わせようとして言った。

「ぼくのティンパンの演奏に合わせて歌ってくれてありがとう。きみの声は完璧だ。ところで、あなたたちがハイ・キングの前で演奏しに行く途中というのは、本当ですか？」若者は勇気を出して尋ねた。

「ご親切にありがとうございます。ハイ・キングが明日タラの町で、競技会をもよおされるのです。演奏家は誰でも歓迎とのこと。あなたもティンパンを持って、わたしたちといっしょに行きませんか？」エイニャが言った。

「競技会ですか」若者が言った。
「そうですよ。あなたも明日わたしたちといっしょに行きましょう。ハイ・キングが明日正午から、王宮の新しい楽師を選ぶためのオーディションをおこなうのです。王宮の楽師に選ばれるほど名誉なことはありません。あなたはとくに有利ですよ。だってティンパンはハイ・キングが最もお好きな楽器と聞いていますからね」エイミアが言った。

若者は考える必要がなかった。「自分の音楽を演奏するこれ以上の機会があるだろうか。おれも参加しよう。すばらしい。こんなちっぽけな酒場で終わるなんて。なぜ今までこのことを知らなかったのだろうか。もっと知りたい」若者は心の中でつぶやいた。
その夜、酒場に居合わせた人々はひとしきり明日タラでおこなわれる競技会の話をしていたが、やがて床についた。

次の朝早く、楽師たちはそれぞれの楽器の荷造りをして、酒場の前に集まった。最後にみんなで、キアラがペダル付きのハープを手押し車にのせるのを手伝うと、いっせいにタラに向かって出発した。一行は正午少し前にタラに着いた。すぐに出演するための手続きをし、ハイ・キングの前で演奏する時間の割り当て表をもらわなければならなかった。楽師たちはソロで演奏するか、グループで演奏するか選ばなければならない。エイミアとドナルとキアラは真っ先に手続きをした。ウアクターはもともと娘エイニャの歌の伴奏のために自分が笛を吹くつもりでいたのだが、昨夜のエイニャと若者の競演がすばらしかったので、エイニャと若者がグループで演奏するように勧めた。

「昨夜おまえたち二人は、まことに息の合った演奏をした。わたしは感動して涙が出た。さあ、わたしはご覧の通りの年寄りだ。おまえたち二人で演奏したほうが勝つチャンスがあるだろう。わたしのことは心配しないで、二人でハイ・キングをうならせるのだ」ウアクターはそう言って、娘の額にキスをすると、早く手続きするように若い二人をうながした。

宮廷の中庭は楽師たちであふれていた。それぞれが楽器の音合わせをしたり、声の調子をととのえようと大声を張りあげたりして、勝手気ままに出す音や声があたりに鳴り響き、耳をおおいたくなるほどだった。ウアクターとエイニャと若者は中庭の隅の静かな場所を見つけて、出番を待った。午後も遅くなって、エイミアとバンド仲間が呼ばれた。エイニャと若者はきっと次に呼ばれるだろう。ウアクターは二人を人垣を通って大広間のほうへ導き、エイミアたちの演奏が間近に見えるところまで連れて行った。

ハイ・キングは地面より少し高くなったステージの上で、息子のコーマック王子といっしょに座っていた。演奏者はフィアナ戦士団の番兵によって出番を待つ場所に導かれ、そこで出演の声がかかるまで、王の前にひざまずいて待つように命じられた。オーディションは一般大衆にも公開されていたから、大群衆が大広間に集まり、かたずを飲んでその演奏に耳をかたむけ、見守っていた。

ウアクターとエイニャと若者が番兵に導かれてホールの中にすり足で入った時、ちょうどエイミアとドナルとキアラがハイ・キングの前で膝を曲げて礼をしているところだった。

「そなたたちの名前は？」王が尋ねた。

「わたくしはエイミアと申します。こちらにおります二人はドナルとキアラでございます。わたくしどもは王さまの御前で演奏するために、遠くファーマナッハから旅してまいりました」エイミアが言うと、王は応えて言った。

「遠くからご苦労であった。それではそなたたちの音楽を聴かせてもらおうではないか」

ハイ・キングのこの言葉に三人は立ち上がると、いきなり速いテンポのジグを演奏し始めた。ハイ・キングの隣りに座っていた若い王子は曲に合わせて楽しそうに手を打ち始めた。曲が終わるとハイ・キングはエイミアたちに言った。

「まことに良い演奏であった。ここにいる息子のコーマックはそなたたちの音楽がたいへん気に入ったようだ。ありがとう」

　エイミアの一行はハイ・キングの前で一礼すると、再びフィアナの番兵の後について退場した。

「次は誰だ？」ハイ・キングが叫んだ。

　ステージ近くに立っていた番兵が次の演奏家を紹介した。

「王さま、次は二人の若い演奏家でございます。エイニャ・ニ・マカーンタと申す若い娘は歌を、エイレン・マック・ミーナと申す若者はティンパンを弾きます」番兵はそう言うと、ハイ・キングのほうにむかって頭を軽く下げて、会場から退いた。

　ウアクターは「さあ、行くんだ。幸運を祈っておるぞ」と、若い二人の背中を押した。

　エイニャとエイレンは前に進み出て、ハイ・キングの前にひざまずいた。

「お若い娘どの。そなたは今日どんな歌を歌ってくれのかね？」ハイ・キングがエイニャに尋ねた。

「王さま、わたくしは今日、わたくしが書いた詩を歌います。それはわたくしが幼いころに死んだ母について書いたものです。ここにおりますエイレンも、とても小さい時に両親を亡くしました。それでわたくしたち二人は同じ思いをこめて、この歌をお聴かせしたいと思います」

「そうであったか。それにしてもわしはティンパンの奏でる美しい調べが何よりも好きなのだ。

楽しみにしておるぞ。さあ始めてくれ」

ハイ・キングのこの言葉を聞いて、二人は立ち上がり、エイレンは小さい椅子に座り、エイニャはハイ・キングの前にすっくと立って歌い始めた。エイニャはささやくような声で歌った。大広間に集まった聴衆は、エイニャの優しい嘆きの言葉に耳をかたむけた。エイレンはエイニャの声に寄り添うようにティンパンを弾いた。エイニャの気持ちをしっかりととらえ、エイニャのために、そして大広間に集まった群衆のためにティンパンを弾いた。群衆はシーンとして、エイニャの歌う言葉や調べを聴きもらさないように耳をかたむけた。

二人が演奏を続けるうちに、エイレンは重苦しい空気に襲われるのを感じ始めた。しかしこれは今日に始まったことではない。ケルズのあの居酒屋でティンパンを弾いている時も、こんなふうに感じたことはあった。しかしエイレンはこれまで、エイニャの声のような美しい声の伴奏をしたことはなかった。そのためエイレンの気持ちは今までになく高揚していたのだ。エイニャが亡き母の歌を歌うのを聴くうちに、エイレンの脳裡に幼いころの両親の面影がよみがえり、目を閉じるとその姿がありありと現れ、両親は自分が今こうしてハイ・キングの前で弾いていることを誇りに思っているにちがいないと、さらに力をこめてティンパンを弾いた。

最初に倒れたのはエイニャだった。しかしエイレンは自分の空想の世界に酔いしれていたため、そのことに気づかずに頭を左右に動かして、夢みるようにティンパンを弾き続けた。

エイニャが地面に倒れるのを見るが早いか、ハイ・キングは椅子から立ち上がり、家来に向かって、エイレンを捕まえるように叫んだ。その時突然、王子のコーマックが倒れ、地面に頭をぶつけた。額から血が流れ、地面を赤く染めた。ハイ・キングが息子から目を離し、あたりを見回すと、フィアナの番兵たちや聴衆の大部分が次々に倒れていた。ハイ・キングは自分にもこの不幸が降りかかる寸前に、ステージから下りると、ティンパンを弾き続けるエイレンに襲いかかり、盃で頭を何度も叩き、ティンパンをその手から蹴り飛ばした。エイレンはぐったりと地面に倒れた。ハイ・キングは家来にエイレンを縛りあげるように命令すると、急いで息子コーマックのほうへ戻った。コーマックは地面に座って泣き叫んでいた。額からは血が流れていた。ハイ・キングが侍女たちとその場に現れた妻に息子を託すと、妻は息子を連れて宮殿に帰って行った。

ハイ・キングは額に深い皺を寄せ、頭を左右に振りながら、まだ人々がなかば意識のないまま倒れている大広間を見渡した。これは確かに噂ではなかったのだ。この若者は強力な力をもって、わが王国をおびやかしたのだ。故意にしろ故意でないにしろ、この男は王位の継承者であるわが息子をもうちょっとで殺そうとしたではないか。

ハイ・キングは大股に、手足を縛られて床に転がっているエイレンに近づくと、首根っこをつかんでステージ近くまで引きずっていった。そしてフラスコの水を顔にかけ、顔を叩いて、意識を呼び戻そうとした。

「おまえはどこでこの魔術を習ったのだ」ハイ・キングは身をかがめ、若者に向かって大声で言った。

ようやく意識を取り戻したエイレンは混乱しているようだった。

「何のことですか。おれはただティンパンを弾いていただけです」

一人の番兵が近づいて言った。

「おまえ、誰に話していると思ってるんだ。相手はアイルランドのハイ・キングだぞ」

エイレンの頬を伝って涙が流れ落ちた。

「申し訳ございません。王さま。でもわたくしは、どこからこの力を得たのか知らないのです。ある日目を覚ましたら、目の前にティンパンがありました。そして、それを手にとると、まるで人と言葉をかわすようにティンパンを弾くことができたのです。でも、誓って申し上げます。その力がどこから来たのか、どうしてなのかわかりません」

ハイ・キングはあたりを見回した。今や群衆は輪になって王を囲み、じっと見守っている。王の判決を聞こうと待っているのだ。あたりは静まり返って、聞こえるのはただエイレンがすすり泣く声と、大広間の真ん中で燃えさかる火がパチパチいう音だけだ。

「お父さん、王さまはエイレンのことをどうなさるおつもりなのかしら?」エイニャがウアクターにそっと尋ねた。

ハイ・キングは歯をぎゅっとかみしめると、もう一度エイレンの首根っこをつかみ、番兵の一人に、ティンパンをエイレンのほうに投げてやるように命じた。それから片手でエイレンを地面から持ち上げると、顔を覗き込むようにして大声で言った。

「若者よ、わしはお前の王ではない。なぜならおまえも、おまえのティンパンにやどる力もこの世のものではないからだ。わしはおまえを異界の神々のもとへ返すことにする。神々のみがおまえを裁くことができるからだ」

ハイ・キングがこう言った時、ウアクターは娘の顔をしっかりと自分の胸の中に引き寄せてあたりが見えないようにした。なぜならその時、ハイ・キングはエイレンを燃えさかる火の中に投げ込んだからだ。エイレンの体は火の周りでジュージューと焼けている食べ物を飛び越して、燃えさかる炎の中心深くに落ちていった。

エイレンが、炎に包まれて髪の毛や体が焼け焦げていく衝撃で出す悲痛な叫び声が、大広間にこだました。一方そのかたわらでは、ティンパンが黒ずんだ緑色の炎をあげて、笛のような音を出して燃えていた。突然ものすごい叫び声とともにティンパンが爆発した。そしてそこから出た緑色の炎がエイレンの遺体の上で踊ったかと思うと、遺体をすっぽりと包み込んだ。それと同時にエイレンの苦しみの叫び声もやみ、あたりは静かになった。エイレンはこの世から去って行ったのだ。

その夜、大広間の火が消えた時、番兵の一人が火の中にエイレンの遺骨を探したが、何一つ残っていなかった。すべて焼き尽くされていた。

クーリー山脈の奥深く、レプラコーンたちが住む村では、その日、甲高い声で泣き叫ぶ黒い雲のようなかたまりが、村のマーケットの間をすりぬけ、異界の入り口であるマグ・メルの滝のほうに浮遊して行った。その間、クーリー山脈の奥深くに住む者たちはみな静かに身を隠し、息をひそめていた。しかしやがてその黒いものが見えなくなると、あたりはいつもの活気を取り戻し、マーケットはぎらぎらした明るい色であふれ、おしゃべりをやめて口を閉じていた者たちも、さっきのおしゃべりの続きを始め、いつも通りに仕事に精を出す生活が戻って来たのだった。

忘れられたメモ

フィネガスは、一日じゅうマーケットの露店でウィスキーを売っている。露店のそばに小さな家があるのだが、そこで過ごすことはまれである。夜になると誰か飲み仲間を探して、夜遅くまで飲み続け、夜明け近くに自分の小屋によろよろと入って行き、酔いを醒ますために眠るという生活である。今夜もそんなふうに過ぎていき、かなり盃を重ねた後、よろよろと体を左右に揺らし、ぶつぶつとひとりごとを言いながら、小屋へと戻って行った。

「ありゃ、ないぞ、どこに行ったんだ？　どこかに忘れて来たはずはない」戸口の前に立って、フィネガスはポケットを裏返しにして中のものを出しながら何かを探している。探しているのは家の鍵だ。ポケットの中身を地面にまき散らし、ようやく鍵を見つけ、かがんで取ろうとした時、目の前にタイ子からのメモが落ちているのに気がついた。

「エナへ　　トーマスが指輪をはずして、アイルランドの家まで来て、お母さんと話したの。あなたに知らせたほうがいいと思ってここに来ました。それから、フィネガスにわたしがタップ・ダンス用の靴を一足ほしがっていると伝えてください。

よろしくお願いします。　タイ子」

「そうだった。忘れていた」そう言うと、フィネガスはメモを拾い上げ、またマーケットのほうへ戻って行き、エナの仕事場をめざした。ポケットから出たガラクタはフィネガスの小屋の戸口の前の地面に散らばったままだ。

エナの作業場に着くと、フィネガスはドアをドンドンと叩き、鍵穴から大声で怒鳴り始めた。
「エナ、おれだフィネガスだ。戸を開けてくれ。大切なものを届けに来た。わしはタイ子からの手紙をおまえに渡すのを忘れていたんだ」

エナは急いで戸を開けると、眠たい目をこすりながら、フィネガスに挨拶した。
「何だって？　タイ子がここに来たのか？」

フィネガスはエナのほうに体を寄せて話そうとしている、酔っていないようなふりをしているが、酒のにおいがプンプンしている。
「エナ、言うのを忘れていたが、タイ子がうちの店に立ち寄って、このメモをおまえに渡してくれと言ったんだ。ちょっと中に入って行かないかと勧めたが、何か急ぎの用があるから行かなければならないと言っていた。わしはそのことを今思い出したんだ」


エナはフィネガスの手からメモをつかみ取って、読んだ。

「タイ子がこのメモをくれたのはいつのことだ？」

「ああ、ちょっと前だな。おまえがカラントウヒルへ仕事で行っていた時だ」フィネガスは笑いながら言ったが、倒れないように必死にドアに寄りかかっている。


エナは額に皺を寄せて言った。

「それって三週間も前のことじゃないか。なぜそれを今見ているんだ。この手紙の内容を確かめなければ。とても重要なことだ」

「見つけてすぐここに来たんだ。わしみたいな老人はこの手の冗談にはついていけないよ。いったい、トーマスって誰なんだ？　そいつが母さんと話したことが何でそんなに重要なのかね」フィネガスはそう言うと、笑いながらエナの脇を通って、家の中に入って行った。

「二時間ばかり、この家で寝させてもらってもいいかな」

「いいよ、どうぞお休みください。もうろく爺さん。ぼくはこのことをずっと前に調べなきゃならなかったんだ。みんなきっとすごく心配しているだろう」


エナはコート掛けから上着をとると、外に出て行った。エナが後ろ手にドアを閉めた時、もうすでに姿は消えていた。

エナが再び姿を現したのは、大きな森の入り口だった、目の前に散らばる、クックハウスの焼け落ちたガラクタの前で、息を呑んだ。

「ああ、こんな馬鹿なことをしやがって！」エナは焼け跡を見ながら叫んだ。

「ぜったいに仕返しをしてやる。いいかい、こんなひどいことをするなんて、ただではすまされないぞ。トーマスに知らせなければ」そう言うとエナは再び姿を消した。


話は変わってここは日本である。ある朝、トーマスは藍の作業場のそばを流れる川の土手に座っていた。暖かい風が吹いて来て、水面に小波を立てると、魚が飛び跳ねて、釣り人の注意をひいていた。トーマスは自分の手をじっと見て、指輪を何度も何度も回しながら、何か考えている様子だった。

昼過ぎだった。一匹の子犬が近づいて来てトーマスの隣りに座り、トーマスの注意をひこうと吠え始めた。トーマスは腕を伸ばしてそのぼさぼさの茶色の毛をなでた。

「おまえさん、どこから来たのかい？」トーマスはそう言ってさらに頭をなで続けた。

犬はトーマスにもっと近づいて、目の前に座ると、突然人間の言葉で言った。

「ごめん！」

トーマスは驚いて跳び上がると、その野良犬から離れた。

「おれだ。エナだ」

「おい、エナ、突然どうしたんだ！」トーマスは大声で言ってから、誰かに気づかれなかったか、あたりを見回した。しかし数人の釣り人が、川で飛び跳ねている魚を見ているだけだ。

「エナ、ごめんっていうのは冗談で言っているのかい？」

「いいや、本当にそう思って言ったんだ。おれは誰にも見られたくなかったけど、とても重要なことが起きて、おまえさんに知らせなければならなかったんだ。残念なことに良い知らせじゃない。おまえさんの家族についてなんだが」

これを聞いて、トーマスの目はパッと開き、犬の前に膝をついてしゃがみ込んだ。

「みんな死んじゃったのかい？　みんなに会ったのかい？　いったいきみは今までどこに行っていたんだ？　ぼくと藍はおまえをずっと待っていたんだぞ」

「おれはほんのちょっと前にタイ子からの伝言を受け取ったばかりなんだ。ほんとに今受け取ったと言っていい。受け取ってすぐにクックハウスに飛んで行って、お前さんの両親がどうなったか見に行った。でもクックハウスはもうなかった。両親もいなくなっていた。クックハウスは焼け落ちていた。おれは間に合わなかった。本当にすまん」

「そのことはぼくも知っている」トーマスはかみしめた歯の間から叫んだが、すぐ声をひそめて続けた。

「タイ子がきみに伝言を残した後、ぼくたちは夜っぴて歩いてぼくの家まで行き、そこで焼け落ちたクックハウスを見たんだ。フィンはぼくの両親を連れて行ったらしい。タイ子が二人を助けにタラに行ったけれど、戻って来なかった。ぼくはここで何週間も待っていたんだ。君が何か良い知らせを持って来るんじゃないかと思って」

「何だって！　タイ子はここにいないのか！」

「いないよ。ぼくたちは二人でクックハウスに行って、焼け跡を見た。その時、そこにデルタ・オーグがいて、一部始終を話してくれた。フィンとオシーンとヂアムジがぼくの両親をタラの牢屋に連れて行ったんだ。ぼくにはもう帰る家がない。ぼくの両親がどうなったかもわからない。それにかわいそうに、タイ子はどうしたんだろう。ぼくを助けようとしただけなのに」

「もっとくわしく話してくれ。タイ子はどこなんだ」

「タイ子はタラに行った。デルタ・オーグがクックハウスで何があったか話してくれた後、タラに行ってぼくの両親がどうなったか、助けられるかどうか見てくるから、三日待ってくれと言って、行ってしまった。ぼくはデルタの家の古い馬小屋で待っていた。三日待ってもタイ子は帰って来なかった。それでぼくは指輪をはめて、ここに戻って来るしかなかったんだ。君がタイ子がフィネガスにあずけたことづけを見てくれることを願って。それは何週間も前のことだ。いったい今までどこにいたんだい？　ぼくたちはどうしたらいいんだろう」

犬はトーマスから離れて川のほうに歩いて行った。歩いているうちに足と体が形を変えて、エナが姿を現した。エナがトーマスのほうを向いた時、目は涙をこらえて真赤になっていた。

「トーマス、本当にごめん。必ず何もかも元通りにする。本当だ。約束する。ここから動くんじゃないぞ。どんなことがあっても二度と指輪をはずすんじゃない。おまえさんは藍さんといっしょにいるかぎり安全なんだから。事態は手におえないことになってしまっている。でもすぐに戻って来るから、何か良い知らせをもって。でももしぼくが戻って来なかったら、うまくいかなかったということだ。その時は決してアイルランドに戻ってはいけない」

トーマスは黙ってうなずいた。二人は一瞬顔を見合わせたが、エナの顔はかなりせっぱつまっているように見えた。それからエナは姿を消した。

ウイスキーの瓶

フィネガスは目を覚ました。エナの作業場の二階部分の通路にあるソファーの上に体を伸ばしていた。フィネガスは口の中に乾いてへばりついたウィスキーの味に身ぶるいした。その時、下からカチカチという音が聞こえてきた。フィネガスはこの音で目を覚ましたのだが、その何かを叩くような音はフィネガスの頭にガツンガツンと脈打つように響いた。

「ウーッ」口の中の味を飲み込むと、音のほうに顔を向けて、階下の騒ぎを見ようとした。しかしそこからでは、エナが自分のベッドのそばにびっちりと並んでいる戸棚や本棚の中を探しまくっているのが見えるだけだ。エナは自分が探しているものを見つけると、一瞬手の中をじっと見ていたが、急いで戸口のほうへ走り、外に出て行った。

フィネガスにはエナが何を持っていたのかわからなかったが、エナが出て行く時、何かが床に落ちたのに気がついた。ベッドから身を起こし、階下に降りて行くと、エナが立っていた足もとに、小さな革製の刀の鞘が落ちていた。フィネガスは突然われに返り、遠いむかしを思い出した。それは忘れたいむかしの思い出だった。フィネガスははだしのままエナの後を追って行こうとしたが、エナはウィスキーの露店のそばにある門の向こうに見えなくなってしまった。フィネガスは大きく息をつくと、自分の家のほうに歩いて行った。左手には刀の鞘を持ったままだ。小屋の入り口の前には、ペンやメモや、請求書や飴の紙などが散らばっている。前日フィネガスがポケットから出したままだ。鍵を開けて中に入る時、散らばっている紙が足にくっついた。

フィネガスの小さな小屋は、家というよりは酒蔵だ。寝室と台所だけの小屋だが、両方ともウイスキーの瓶がびっちりと、しかし注意深く並べられている。そしてその一つ一つの瓶のそばには小さい紙のメモがある。何千年もの間ウィスキー蒸留の仕事に関わってきたフィネガスは、それぞれのウィスキーに試してきた魔法の効能を書き留めておく必要があったのだ。

台所の真ん中にある木のテーブルを押しのけると、床に隠れた入り口が現れた。その入り口を引っぱり開けると、地下の狭い洞窟に通じる螺旋階段があった。ここがフィネガスの最も大切な蒸留所であり、貯蔵庫なのだ。フィネガスは階段をきしませながら降りて行き、一本のろうそくがともる廊下に出た。廊下の両側にはまさに熟成しつつあるウィスキーが入ったオークの樽がぎっしりと並んでいる。さらに廊下を進むと、ろうそくの光を反射して部屋中を照らす金色の瓶が並んでいる。その瓶のかたわらに埃をかぶった本の形をした箱があった。フィネガスが箱にかかる南京錠を開けてふたを取ると、紫色の綿入れのクッションにたいせつに保護されて、三本のウイスキーの瓶が並んでいた。一つ一つの瓶の下に手書きのメモがある。メモには左から右にこう書かれていた。

「げっぷ、しゃっくり、胸やけ」

フィネガスは「げっぷ」とメモのある瓶を急いで取り上げると、その場を去ろうとしたが、一瞬考えて別の瓶と取り換えると、瓶を片手に持ち、もう片方の手に刀の鞘を持って、階段を昇り、家を飛び出し、さっきエナが消えた露店のそばの門のほうへ走って行った。

エナがレプラコーンのすみかである洞窟の入り口を出て、レッド・ヒルに到着したのは、午後も遅くなってのことだった。急いで身を隠してタラを見張ることができる場所を見つけると、そこからタラの町に入る城門をじっと眺めた。フィンはエナが友だちを助けにタラにやって来ると予想して、ほうぼうに罠を仕掛けているにちがいない。

嘆きの歌を歌う声や、楽の調べがタラのほうから聴こえてくる。ハイ・キング、コーマックが死んでから一日たっていた。自分とグローニャの盛大な結婚式をおこなう代わりに、新しいハイ・キングであるフィン・マックールは、多くの忠誠を誓う部族の者たちがタラを訪れている今こそ、コーマック・マック・アートの生涯を称える式典をおこなうべきであると決意したのである。フィンは考えた。結婚式は延期することができる。それより今は国じゅうが喪に服し、自分の古き良き友である前王が異界マグ・メルの地に送り込まれる前に、最後の別れの宴をもよおすべきだ。

各楽隊は一日じゅう音楽を演奏するよう命令された。コーマックの遺体は大広間の中央の一段高いところに安置され、コーマックに忠誠を誓う者は彼の遺体が荼毘に付される前に、身近で別れを告げることができた。最後に新しいハイ・キングが、友である前王の名誉を祝し盃を上げ、あの世に送ることになっていた。

「おまえはハイ・キングの死と何か関わりがあるのかね？」フィンがタイ子に聞いた。

タイ子はまだ、フィンの部屋の片隅に置かれた檻の中に入れられている。フィンはこれから始まるハイ・キングを送る夜の式典に出席しようとしているところだったが、その前にタイ子がコーマックの死に関わっていたか問いただしたのだ。

「そういうふうにはいかないのよ。わたしがここにいるかぎり、わたしの魂はあなたに幸運をもたらすわ。でもそれから先の未来に起きることはわたしとは関係がないの。それはあなた自身ではなくて、あなたの望みや夢と関係があることだから。もしあなたが、わたしがいることであなたのハイ・キングになりたいという望みがかなえられたと思っているなら、それは違うわ。それはあなた自身ではなくあなたの望みだから、私とは関係がないの」タイ子は床に膝をついて、不機嫌そうに言った。

フィンの仕掛けた罠は、最近フィンがタイ子からもらった幸運のおかげで、その罠をかいくぐってフィンのおとりとなった者を助けようとする試みのすべてを失敗に終わらせるのではないだろうか。自分がここに長くいればいるほど、フィンの運は強くなるのではないか、とタイ子は恐れ、心配になった。

「じつを言うとね、タイ子。わしがひそかにハイ・キングになりたいと思っていたことは確かだ。しかし、まさかコーマックを犠牲にしてなろうなどとは思ってもいなかった。今わしのすることは輝かしい名誉とともに、コーマックをあの世に送り出すことだ、異界マグ・メルの入り口をコーマックが通る時、神々は恐れをなして身を引くかもしれないがね」そう言うとフィンは、オオカミの毛皮で作った上着を肩にかけ、タイ子の檻を毛布でおおうと、ヂアムジが待つ外に出て行った。

「今夜は寝ずの番をたのむぞ、ヂアムジ。タラの町にはたくさんの兵隊が来ているから、そういう時こそ特別の注意が必要なんだ。わしらはコーマック王の死に心から哀悼の意を表すための式典をおこなうが、それと同時に危険な事件が起こらないように注意をしていなければ」

フィンはヂアムジの背中を軽く叩くと、兵舎を離れて大広間のほうへ歩いて行った。

フィンは大広間に入る前に、もう一度ヂアムジを振り返り、小声で言った。

「寝ずの番だぞ」

ギアムジはフィンが大広間に入るのを見送ると、向きを変えて城砦のほうへ歩いて行った。
フィンが大広間に入ると、居合わせた何千人もの者たちが、大合唱で迎えた。
「フィン・マックール、アイルランドのハイ・キング
フィン・マックール、アイルランドのハイ・キング
フィン・マックール、アイルランドのハイ・キング」
フィンは広間の中央に安置してあるコーマックの遺体に歩み寄り、来ていたマントを脱ぐと、それを亡き友の遺体にかけ、額にキスをした。それから王の座についた。フィンが王座に座ると、大歓声が沸き起こった。

レッド・ヒルの頂上に座るエナにもその大歓声が聞こえて来た。

「アイルランドのハイ・キングだって！　ありえない」エナは歯ぎしりをして立ち上がると、手の中の父の遺品である短剣をぎゅっと握りしめ、町に打って出ようと身がまえた。しかしその時、誰かがエナの肩をつかみ、引き戻した。

「誰だ？」エナは振り向いた。

「フィネガスじゃないか。何してるんだ。放してくれよ」

「いや、わしはおまえが馬鹿なことをしないようにここに来たんだ。手に持ってるのは何だね？」

フィネガスは首を短剣ほうに向けて言った。

「爺さんなんかにぼくの気持ちはわからない」

「どんな気持ちかね。教えてくれ」

「ぼくはこうするしかないんだ。タイ子が捕まってるんだ」


フィネガスは手を伸ばして、エナの目をじっと覗き込んで言った。

「エナ、おまえさんはわしを老いぼれの役立たずだと思っているかもしれない。だがわしはおまえの両親に約束したんだ。おまえと妹を見守っていくと約束したんだ。わしの目の黒いうちは、二人に馬鹿なことはさせないってね。あいにく、ウナを守ることはできなかったが、残ったおまえだけは、どうしても守らなければならない。さあ、短剣をこっちによこしなさい。タラの町に切りつけに行っても、殺されるのがおちだ」

エナはうなだれて、短剣をフィネガスに渡した。フィネガスは短剣を鞘に収め、ベルトにしっかりとはさんだ。そして近くの丸太に腰を下ろすと、エナを招いて言った。

「さあ、こっちに来なさい。何ができるかいっしょに考えよう。まずおまえさんが、今何が起きているのか話してくれ」

エナはフィネガスの隣りに座って、話し始めた。

一方、タラの大広間では、亡きハイ・キングをあの世に送る儀式が続いていた。人々はなみなみと酒の注がれた角型の盃から酒を飲み、かわるがわる亡き王をしのぶ物語をしていた。やがて、フィンは王座から立ち上がると、盃を手にコーマック王のほうへ歩いて行った。フィンが王の遺体に近づくのを人々は黙って見ていた。ホールの中央には火は燃えていなかった。ただ王の遺体が薪や小枝や枯草を積み上げて造った山の上にのせられた木のテーブルに寝かされていて、そのかたわらの地面に差し込まれた棒の上で松明が燃えていた。

フィンが年来の友コーマックに近づき，その肩に両手をのせると、あたりはまったくの静寂に包まれた。

「わしが最初にコーマック・マック・アートに会ったのは、この部屋だった」フィンは群衆に向いて話し始めた。片手はまだ遺体にのせている。

「その夜、コーマックは王座に座って、異界からまた現れるであろうエイレン・マック・ミーナに備えていた。わしは王の前に立って、『わたくしがその悪魔を殺してみせます』と宣言した。もちろん部屋じゅうの者が爆笑した。結局のところ、わしはただのちっぽけな小わっぱにすぎない。

そいつが名だたるフィアナの戦士たちの前に立って、何年もたくさんの人間を殺してきた悪魔を殺そうと言っているのだ。笑われても当然だ。しかし、コーマックは笑わずに、暗い気分を明るくしてくれてありがとうと言い、若造のわしに、その夜フィアナの戦士たちといっしょに見張りにつくことを許してくれた。そして次の朝、わしが討ちとったエイレンの首を持ってコーマックの前に立った時、わしのもう一つの願いを喜んでかなえてくれたのだ。コーマックとわしの父は年来の友だった。コーマックはその親友の息子が再び父が長年勤めていたフィアナ戦士団の団長の地位につき、その血統が返り咲いたことをこの上なく喜んだのだ。わしはここでその血統が次世代にも続くことを確たるものにするため、わが息子オシーンをフィアナ戦士団の団長に命じる」

フィンの後ろで、オシーンが大きくうなずいた。

「さあ、みなの者、偉大なコーマック・マック・アートをほめ称えよう。コーマックの四十年に及ぶ治世の間、アイルランドには平和と繁栄がもたらされた。われらは後の世にいたるまで王の偉業に心から感謝するであろう。わが良き友、ご苦労さまでした。どうかあの世でゆっくり休んでください。わたしもいつかあの世であなたに再会する日を楽しみにしています。さあ、みなの者、コーマック王に別れの盃を捧げよう」

フィンが盃を高く上げると、部屋じゅうの者がそれにならい、盃を飲み干した。

フィンは遺体のかたわらで燃える松明を地面から引き抜くと、枯草や小枝に火をつけた。やがてコーマックの遺体は炎に包まれ、煙がゆらゆらと大ホールの天井まで立ち昇り、屋根のすきまから外に吐き出されていった。ホールをいっぱいにしている人々は、立ち昇る煙の中に、あの世に旅立つ王の魂の最後の片鱗を見ようとじっと目をこらしていた。


「それで、フィンはそのような罠をいたるところに仕掛けたんだな？」フィネガスが言った。

「ヤツは仕掛けたにちがいない。何百も、町じゅうにそして城壁の中にも」エナが答えた。

「そして、おまえはその罠をこわしに行こうとしていたんだな？」フィネガスは首を横に振って続けた。「いいか、ちょっと待っていよう。大広間の酒樽が空っぽになるまで待つんだ。それからわしらは行動を開始しよう」

「どんな行動？　罠はどうするんだ。どうやってヤツらを出し抜くんだ」エナが言った。

「ヤツらを出し抜く？　誰がそんなことを言ったかね？」フィネガスは笑みを浮かべていった。そう言いながら足をぐっと伸ばし、その脚を丸太の上で組んだ。

「ヤツらはどこにも行きはしない。しばらくここでこの美しい夕日を楽しもうじゃないか。そして町が静かになった時、その時、わしに考えがある」

　エナはゆったりと丸太の上でくつろいでいるフィネガスを見て、首の後ろを掻いた。エナはそんなにのんきに構えている気になれなかった。でもフィネガスの言う通りなのかもしれない。

二人が空を見上げていると、星が一つまた一つ夜空にうかび、心地よい風が町のほうからレッド・ヒルまで、音楽や人々の祈りの声を運んで来た。数時間たったころ、とうとうタラの町が静寂に包まれた。エナは立ち上がって言った。

「タラの町がとうとう静かになったみたいだ。フィネガス、準備はいい？　どんな考えがあるんだい？」

フィネガスはゆっくり立ち上がると、ベルトから短剣を引き抜いた。それから持って来た瓶のコルクを口に入れ、噛んだ。コルクが引き抜かれると、それを地面に吐き出した。

「いいか、エナ、おぼえておくんだぞ。いつもわしの後ろについていろ。そしたらいつ何をしたらいいかわかるからな」フィネガスが言った。

フィネガスはもう一度エナに笑いかけると、瓶からウイスキーを飲み、口をぬぐった。

「ウーー！　長い間熟成していたから、さすがにピリッと、パンチがきいておるわ」しかしフィネガスはちょっと気分が悪くなったようで、軽く胸を叩き始めた。

「ヒック、　ヒック」

再び胸がむかむかして、吐きたいような気分になって、胸を叩き続ける。

「ヒック、ヒック、シャックリ」

フィネガスが苦しそうに、あえぐように口を開けていると、不思議なことが起こり始めた。フィネガスがしゃっくりをしたとたん、一人の精霊がフィネガスの胸の奥から突然飛び出して、ふわふわと浮遊してフィネガスの前にゆらゆら揺れながら立った。透明人間のようだ。初めはゆっくりと、しかし急速に大きくなり、やがて精霊が姿を消したかと思うと、その後に、もう一人のフィネガス、フィネガスのクローンが立っていた。フィネガスは鏡に映る自分とまったく同じそっくりさんを吐き出したのだ。エナは二人のフィネガスを見て、驚いて眉を吊りあげた。二人ともまったく同じぼろぼろの服を着て、同じ白いひげをはやし、同じ太鼓腹を突き出して、エナの前にはだしで立っている。二人は首をかしげて、たがいを上から下までジロジロ見ていたが、相手を認めたようで、いっしょにウィスキーの瓶からもう一飲みした。

「ヒック。シャックリ、ヒック」

それぞれの口から別な精霊が現れて、ふらふら浮遊していたかと思うと、二人の新しいフィネガスのそっくりさんになった。こうして生まれた新しいフィネガスが、ウィスキーを飲むたびに新しいフィネガスが生まれ、二人が四人に、四人が八人に、八人が十六人にと、倍々に増えていった。今やレッド・ヒルの上には何百人もの酔っ払いの年寄りレプラコーンがひしめいている。

「フィネガス」エナは目の前に立ったくさんのフィネガス集団に恐る恐る声をかけた。どれが本物のフィネガスなのかわからなくなってしまったのだ。

これに答えて、エナのすぐ近くに立っていた五、六人のフィネガスが指を口元に当てて、「しーっ」と言った。それから残りのレプラコーンを引き連れて、いっせいに地面を震わせて、レッド・ヒルを走って下り始めた。そして二十フィートも行かないうちに姿を消した。エナはこのフィネガスの突然の行動を恐れおののいて見ていたが、次にフィネガスの一群が現れた時には、すでに町の城門の前に立ち、城門の中になだれ込んで行った。

見張りに立っていたフィアナの戦士たちは、急いで危険を知らせる警報を鳴らそうと身がまえたが、思いとどまった。というのは城門になだれ込んだフィネガスのクローンたちが次々にフィンの仕掛けた罠にかかり、城壁のあちこちから、罠にかかったレプラコーンが放つ青白い光がまたたき出したのだ。

エナは今こそ突撃の時が来たと、この無数の酔っ払いの弾丸攻撃の後に続いて、城門のほうに駆け下りた。城門の近くに来ると、大きなフィアナの戦士たちが、ちっぽけなレプラコーンの兵士たちを必死になって払いのけようとしていた。しかし、一人を倒すと、そいつがシャックリとともにそっくりなもう一人を生み出すという具合なのだ。城壁の上では、大男のフィアナの戦士の手や足にぶら下がったレプラコーンが、小さな短刀で戦士を切りつけている。

一方、罠にかかったレプラコーンがしゃっくりをするたびに別のレプラコーンが生まれるので、罠の中はすし詰め状態で、つぶされて死んでいるレプラコーンもいる。しかしそんなことにはおかまいなく、レプラコーンの数は増え続けるので、しまいには罠の檻の鉄の柵がこわれ、中でまだ生きていたレプラコーンは外に飛び出し、城内に向かっていっせいに行進を始めた。この不思議な者たちは突然姿を消したかと思うと、再び姿を現し、相手を斬りつけたり、酒を飲みながら、すばやく防御の目をくぐり抜け、数分もたたないうちに、フィアナの戦士たちが守りをかためる要塞はすべて破られた。その間、ハイ・キングは何も知らずに寝室で眠り続けていたのだ。

エナが城の中庭に着いた時、ヂアムジと数人のフィアナの戦士たちが堂々と立ち、近づく無数のレプラコーンのクローンを、幅広の刀の一振りごとに何人も斬り倒していた。

「これが、フィンが前々から注意しろと言っていたレプラコーンだ。ハイ・キングに知らせねば。王を起こさねば」ヂアムジが家来に向かって叫んだ。

これを聞いたとたん、中庭にいたすべてのフィネガスのクローンたちが、ヂアムジと七人のフィアナの戦士の上に跳び乗って、押さえつけようとした。今やその数は何千にも達し、ぐるりとヂアムジを取り囲んでいる。エナが城内に入った時、フィネガス・クローンが残りのフィアナの戦士の周りを取り囲もうとしていた。エナは一瞬、刀を振り回してクローンを一度に数十人斬りつけているヂアムジを見ていたが、兵舎の中にこっそりと入って行った。

兵舎に入ると、エナはすぐに地下牢に向かった。

「アーニャ、エアモン、いるかい?」地下牢の薄暗い廊下を歩きながら、エナは小声で呼びかけた。廊下の両側には独房が並んでいる。薄暗いランプがたよりでは、格子を通して独房の中を見ることはむずかしい。それでもエナはアーニャとエアモンの名前を呼び続けた。

廊下の突き当りまで来た時、奥の部屋からかすかに呼ぶ声が聞こえた。

「こっち、助けて!」

「待て!」その時エナの後ろから声がしたかと思うと、エナを後からつけてきた一人のフィネガス・クローンが、エナのそばを急いで通り抜けると、独房のすぐ近くに仕掛けてあった罠にかかった。罠にかかったフィネガスは肩をすくめると、持っていた酒の瓶から一飲みした。とたんに罠の中のクローンが増え始めた。

「アーニャ、エアモン、二人とも無事なのか？」

「そうよ。どうか助けて」独房の柵の向こうからかぼそい声が聞こえてきた。

エナは罠の中にいるクローンの一人の腰から短剣を引き抜くと、独房の鍵をつついて、何とかこじ開けて、アーニャとエアモンを外に出した。

「さあ、早くこっちに来るんだ。ぼくたちはきみたち二人を助けに来たんだ」エナがそう言った時、魔法の檻がパッと開いて、中からフィネガス・クローンが次々に飛び出して来て、そのうちの四人がエナを取り囲むように立った。残りのクローンの中には地面に倒れてうめいている者もいる。

「さあ、ぼくについてこっちに来て」エナは助け出した二人に手招きして言った。

みんなエナについて急いで上に上がると、兵舎から中庭に出た。そこではヂアムジとその家来と、フィネガス・クローンの軍隊との激しい戦いが続いていた。四人のフィネガス・クローンに守られたエナはアーニャとエアモンを導いて、中庭の入口のほうへ向かった。その時、ヂアムジが逃げようとする一行を見て、向かって来た。

「さあ、ここから早く逃げて、デルタ・オーグの馬小屋に行くんだ。あそこなら安全だ」

エナは二人をせき立てて言った。

「きみはわしらといっしょに来ないのかね？」エアモンが言った。

その時、エナを囲んでいた四人のフィネガス・クローンが瓶に残る最後のウィスキーを飲み干すと、エナに向かって来るヂアムジに飛びかかった。

「ぼくの友だちが一人まだこの城の中に囚われているんだ。その子を見つけなければならない。さあ早く、ぐずぐずしないでできるだけ早くオーグの馬小屋へ」

エナはそう言うと二人を城門の外へ急がせた。エナは二人が門の外へ出て逃げて行くのをしばらく見守っていたが、すぐに戻って、中庭を見回した。倒されたフィネガス・クローンの死体がヂアムジと家来のそばにうずたかく積まれているが、まだ何百ものクローンが戦っている。しかしウィスキーの効果がだんだん薄れて来ているようだ。急がなければ、エナに残された時間はあまりない。すぐにタイ子を見つけなければ。

エナは跳び上がって、城壁にしがみつくと、飛び出している石にぶら下がり、近くの窓枠に着地した。フィンの寝室はさらにその上の階のようだ。エナは、フィンはタイ子の幸運を呼ぶ力のおかげでハイ・キングになったのだと思っていた。フィンがまだタイ子をそばに置いているならば、それはフィンの部屋の中にちがいない。エナは壁に突き出た石から石へと伝って、フィンたちが住む兵舎の最上階に出た。

タイ子はフィンの寝室の隅に置かれた檻の中で、枕で頭をおおって横になっていた。フィンのすさまじいいびきから何とか逃れたいと思っていたのだ。前王を見送る儀式を仕切った緊張感から解放されたのと、大量の酒のおかげで、フィンの体からは力がすっかり抜け落ちてしまい、今は死んだように眠っている。城の周囲で激しい戦闘が続いていることなど、知るよしもない。しかし、猟犬のブランとスキョロンは中庭から聞こえてくる騒音に明らかに平静を失って、部屋の中を行ったり来たりしていた。そして急に窓枠に走り寄り、前足をかけて、尻尾を狂ったように振り始めた。

二匹の猟犬の動きが突然激しくなったので、タイ子は檻をおおっている毛布の穴から外を見た。窓枠にエナが立っていて、猟犬が狂ったように尻尾を振って、エナに向かってうなり声をあげている。

「あら、来てくれたの」タイ子が小声で言うと、エナは窓枠から飛び降りて、急いで檻に近づいて、おおっている毛布を取った。

「タイ子、大丈夫かい？」エナは檻の鍵をいじくり回して開けようとしながら言った。その間じゅう、二匹の猟犬はエナの顔をぺろぺろとなめている。

突然檻の戸がパッと開いて、タイ子が飛び出して来て、いきなりエナを抱きしめた。

「わたし、あなたが来てくれないんじゃないかって、すごく心配してた」

「ぼくだって、死ぬほど来たかったんだ。さいわいなことに、フィネガスが驚くべき奥の手を使って助けてくれたんだ。番兵や罠をうまくすり抜けて来られたのは、フィネガスのおかげなんだ。タイ子、ごめんね、きみをこんなことに巻き込んでしまって。どうか許してくれ」

エナはタイ子の手をぎゅっと握った。

「一つだけ条件があるわ」タイ子はエナの目をじっと見て言った。

「どんなこと？　何でも言って」

タイ子はエナの手をしっかりと握ってから、まだ大いびきをかいて寝ているフィンのほうに首を向けた。

夢—パート２

エナは答えずに、石のように無表情に眠っている巨人を見つめていた。タイ子はさらにきつくエナの手を握って、これしか選択の余地はないことを示した。エナはタイ子を見て、首を横に振った。

タイ子はもう一度自分のただ一つの考えをはっきり繰り返した。

「だめ。フィンに話して。あなたがわたしの助けを求めて来た時、約束したじゃない。少なくともあなたはフィンに何故なのか話さなければ」

エナは唇をぎゅっと噛んだ。手から短剣が地面に落ちた。二人は手を握り合ったままフィンのベッドのところまで歩いて行き、ベッドの上によじ登った。フィンの足は二人の体と同じ大きさだ。エナは最後にもう一度タイ子を見た。

「いい？　フィンの目を通してではなく、あなたの目を通して思い出すのよ」タイ子が言った。

それからエナはフィンの足に触れた。

そのとたん、二人は丘の上に立って、フォイのマーケットを見下ろしていた。

それはまだエナとウナが若いころの、あるサワンの夜だった。小さい妖精たちはみんなその夜起こるであろうことを小声で話し合っていた。フィネガスはエナとウナに、露店に並ぶウィスキーの瓶を家の中に運んでもらうために事こまかな指示を与えていた。二人が外箱にウィスキーの瓶を詰め込んでいる間じゅう、フィネガスはしゃべり続けていた。

「毎年、あのいまわしい滝が開くと、気に食わないヤツらも滝を伝って降りて来て、このマーケットにやって来る。いいかい、ヤツらが何をたくらんでるか、そんなことはわしの知ったことではない。わしはフォイの外に住む、でっかい猿どもには興味はないんだ。ヤツらは嵐のようにマーケットを走り抜けると、あの門をくぐって出て行く。わしはわれらのブライアン王にわしの露店を、あの門の近くから移動してくれと頼んだが、まったく聞く耳もたずだ。わしらはあの近くにあった橋をずいぶんむかしに燃やしてしまったんだ」

「どうして毎年あの世から戻って来るの？　フィネガス」ウナが尋ねた。

「そうだな、神々が考えてることはよくわからんが。一年に一度、あの世とこの世の間にある門を開けて、死んだヤツらがもう一度この世に戻って来ることを許しているんだ。死んだヤツらが、この世に残したいとしい人や子どもたちの消息を確かめることができるように。しかし、それと同時に、この世にいる間に特別ひどい扱いを受けたり、寿命をまっとうする前にあの世に送られたヤツ、つまり殺される運命になったヤツにも、サワンの夜には、あの世とこの世の境を越えて来るチャンスが与えられるんだ。マグ・メルにはフォイ・マーケットの入り口にいるポードリックのような門番はいないから、誰でも自由にこの世に戻って来られるのさ。その良い例がエイレン・マック・ミーナだ。おそらく、エイレンはほんのわずかな物を盗んだだけなのに、アート・マック・クイン王に生きながら焼き殺されてしまった。エイレンはマック・クイン王が死んだ後にも、タラのハイ・キングとなった息子のコーマックを苦しめるために戻って来る。そして、毎年タラの町に火をつけ、焼き払ってしまうのだ」

その時、手押し車にのせてウィスキーの箱を運んでいたエナが、フィネガスの話をさえぎった。

「そこのところがぼくにはわからないんだ、フィネガス。もしアート・マック・クインがエイレン・マック・ミーナを殺したのなら、二人とも今はあの世にいるんだろう？　そしたらあの世で、二人で決着をつければいいじゃないか。ぼくはいつもおかしいと思ってるんだ」

「確かにその通りだ。しかし神々の考えてることは、まったくわからん。結局、どうやらあの滝に秘密があるらしい。あの世の者をこの世に送る秘密が。わしらがこんなに長生きできるのもあの滝のおかげらしい」フィネガスが言った。

ウナはフィネガスが話すタラの話を聞いて心にぐさりと刺さるものがあった。ウナは生まれてから今まで、フォイ山脈の外に行ったことは一度しかなく、それがタラの町だった。

「エイレンはタラの町を焼きはらって、たくさんの人を殺すの？」

「その通りだ。さらに面白いのは、ヤツがどうやって町に火をつけてたくさんの人を殺すか、そのやり方だ。ヤツは音楽の力で人を眠らす。おまえたちの父さんがやったようにティンパンを弾きながら、眠りの魔術を引き出して、町の人たちだけでなく、あの屈強なフィアナの戦士たちさえ眠らせてしまうんだ。それから目から火を出して、タラの町や、彼のそばで眠っている者たちを焼いてしまうんだ」

ウナはフィネガスの話を黙って聞いていたが、その日エナといっしょにフィネガスのウイスキーを酒蔵に何度も運んでいる間じゅう、その話はウナの心に重くのしかかっていた。

その夜、フォイのレプラコーンはあちこちでサワンの夜の集まりを開いた。フィネガスのウイスキー・パーティはとくに人気で、多くのウイスキー商人たちがよその地方からもやって来て、フィネガスのウイスキーの味見をしようと、小さな台所に集まった。一本のろうそくがともったテーブルを囲んで、飲みながら、笑いながら話に興じているうちに夜は過ぎていった。話題は何といっても小屋のすぐそばを流れ落ちるマグ・メルの滝を降りてこの世に現れる悪霊たちだった。

しかしこの夜、ウナは楽しい集まりには参加しないで、フィネガスの小屋の入り口の階段に一人で座って、フィネガスが昼間に話したエイレンのことを考えていた。

「あの家のない少年がフィネガスの言う悪魔なの？　わたしがあの子にティンパンをあげたばっかりに、殺されることになったの？」ウナは真実を知りたいと思った。

十月の日は早く暮れる。その夜もあたりは早く暗くなった。ウナは滝の水が放つ色が消えうせ、暗い影が、フォイのマーケットをマントのようにおおうのをじっと見ていた。その時、あの世の者たちが現れ始めた。最初はうめくような、叫ぶような声だけが聞こえていたが、あの世の檻から解き放たれた者たちが、滝を打ち破って姿を現した。ある者は空中に舞い上がって浮遊していたが、直接地面に飛び降りる者もいた。みにくいかたちの悪魔や悪霊たちが、フォイ・マーケットの入り口を通って、ものすごい勢いで人間界に突進して行った。体から怒りが湯気になって立ち昇る。

ウナはフィネガスの小屋の入り口の階段から立ち上がって、小屋の窓から中を見た。みんな酒を飲みながら、窓の外を通り抜けるあの世の者たちを呆然と眺めている。ウナはその場をそっと立ち去ると、フィネガスのウィスキーの露店のほうに行き、カウンターの後ろにもぐり込んだ。

やがてエイレンも滝をぶち破って現れた。片手にティンパンを、もう片方の手に弓を持って、片膝をついて着地した。立ち上がると、焼け焦げた体から、滝の水が湯気になって立ち昇る。ウナがタラで会った時と同じ小さな少年だ。エイレンはフォイ・マーケットの入り口を通り抜け、レッド・ヒルのほうに向かって行こうとしていた。エイレンがフィネガスの露店のそばに来た時、ウナは露店の後ろから姿を現し、エイレンに話しかけた。

「待って、このわたしがあなたにそのティンパンをあげたの」ウナはティンパンを指さして言った。

エイレンは答えなかったが、一瞬立ち止まってウナのほうを見た。ウナは気づかなかったが、そこにはウナが同情した、あどけない少年の姿はなかった。エイレンの命を奪った火はあまりに激しく燃えたので、エイレンの言葉を発する機能は奪われ、永遠の苦悩だけが残ったのだ。その苦悩が怒りに火をつけ、復讐へと駆りたてているのだった。

小屋の窓から外を見ていたフィネガスとエナと数人の客たちは、エイレンを見ていたが、入り口の外へ出て行く前に立ち止まったのに気がついた。

「いったい、ヤツはあそこで何をしているんだ？」フィネガスが言った。

「わからない。ここからじゃよく見えない」誰かが言った。

「誰かと話しているのか？　待て、ウナはどこに行った？」フィネガスが言った。

その言葉にみんなあたりを見回した。エナは小屋の外に飛び出すと、入り口の階段に立って叫んだ。「ウナー！」

「いったい、ウナは何をしてるんだ？」エナは今、自分の隣りに立っているフィネガスに言った。

二人はウナがエイレンの後についてフォイ・マーケットの入り口を通り抜けようとしているのを見た。心臓がどきどきした。二人は顔を見合わせていたが、突然ウナを追いかけ始めた。

エイレンがフォイ・マーケットを出て、レッド・ヒルにさしかかるころには、その目は真っ赤に燃え、どうもうな光を放ち始めた。タラでは、フィアナ戦士団の団長ゴル・マック・モーナを先頭に百人の戦士団が、エイレンに向かって突撃しようとしていた。エイレンがティンパンの弦から最初の一弾きをする前に、太刀でその首を討ちとろうとしているのだ。

槍がシューシュー音を立てて、エイレンの頭上をかすめた。エイレンはすかさず弓をティンパンの弦に当てて弾いた。その調べが波のように兵士たちに伝わると、一人また一人、地面に倒れた。エイレンはさらに丘を下り、町に近づくと、ティンパンを弾くのに最もよい場所を見つけ、そこに立った。

ウナがフォイ・マーケットの外に出た時、フィアナの兵士たちがエイレンの音楽に打ちのめされて、必死にもがいていた。多くの兵士は立ち止まると、次々に地面に倒れていった。その時、まだその魔法から何とか逃れていた一人の若い兵士が大声をあげたので、ウナはハッとして振り返った。ウナの見ている前で、兵士は槍をエイレンに向かって投げ、その槍がエイレンの手を突き刺し、ティンパンに釘づけにした。しかし兵士も傷つき、地面に膝をついた。

「あぶない！　だめ！」ウナが心の中でつぶやいたとたん、エイレンは手に突き刺さっている槍を引き抜き、目もくらむ炎とともに、槍を膝をついている兵士に向かって投げた。ウナは何かしなければと気がはやるものの、恐ろしさのあまり、足が地面に釘づけになり動くことができない。大男の兵士の持つ木の盾は、エイレンの投げた炎の槍が突き刺さり、黒焦げになって、破片がほうぼうに散らばっている。しかし兵士は熱した盾をものともせずに、地面を這うようにして、じりじりとエイレンに近づいて行く。これを見たエイレンの怒りはさらに激しくなり、兵士の手に残る盾を焼きつくそうとさらに炎を発した。兵士は、盾の燃えカスがその手を焦がす熱さに耐えかねて大声で叫んだ。

ウナは勇気を振りしぼると、フォイ・マーケットの入り口からさらに数歩進み出て、そばに立っていたオークの木から枝をつかんだ。

若い兵士にとって、万事休すと思った時だった。兵士は手の中でまだ燃えている盾のわずかな断片をエイレンに向かって投げた。それから立ち上がるとエイレンに向かって全速力で突進し、腕を振り上げてエイレンに飛びつき倒し、手の甲で思い切り叩いた。地面に倒れる時、エイレンは必死に首を兵士のほうに向け、目から火を放った。

しかし、今や若い兵士のほうが有利な位置にあった。兵士の大きな体がエイレンの上にのしかかり、その頭を何度も平手打ちした。それから焼け焦げた頭をつかんでねじ曲げたので、目から放たれた火はなすすべもなく地面に落ちた。兵士は片方の手でエイレンの頭をさらに引き上げると、首をむきだしにし、もう片方の手で短剣を抜いてそれを高々と上げ、今にも首に向かって振り下ろそうとした。

その時だった、フォイ・マーケットの入り口から走り出たフィネガスとエナが、ついに意を決して、行動に出ようとしているウナを目撃したのは。

ウナが悲痛な叫び声をあげたので、若い兵士は一瞬声のするほうを見たが、そうしながらもエイレンの首をひねり続けている。エイレンの目から放たれた火は地面を這いながら、フォイ・マーケットの入り口に向かい、地面を焦がし、地煙を上げ、泥の粒を空中に巻き上げる。火はウナのそばに立つオークの木にも燃え移ろうとしていたが、その時一羽のカラスがオークの枝から舞い上がった。その後すぐにオークは炎に包まれ、火だるまになったオークから立ち昇る炎が夜空を赤く染めた。

エイレンに馬乗りになって短剣を振り上げていた兵士は、短剣をエイレンの首に向かって打ち下ろし、首をまっ二つに斬った。それから頭をぐっとつかんで炎で赤く染まる空に向かって高く掲げると、タラの町じゅうに響きわたるような声で、

「マッハ」と叫んだ。

オークの木を燃やす炎がまるで煙突の中を走り抜けるように、フォイ・マーケットの入り口をものすごい勢いで通過したので、フィネガスとエナは押し戻され、ウィスキーの露店にぶつかって倒れ、そのまま気を失った。

それから間もなく火が突然収まると、フォイ・マーケットの入り口にタイ子とエナが現れた。タイ子はまだエナの手を握り、歯をくいしばって、涙を流している。エナはエイレンの首を高々と掲げて立つフィンを見た。エナの視線に気づき、目をかわしたフィンは手を下ろすと、突然短剣を地面に落とした。

夢から覚めて

　フィンは目をこすって、目を覚ました。それからベッドの端まで体を動かして、床に足を下ろした。それから膝に肘をついて、ベッドから窓枠に跳び移って立っているタイ子とエナを見た。二人の両脇にはブランとスキョロンが立っている。エナの目から涙があふれていた。

「いいか、わかってほしい。わしはその女はぜったいに見なかった」フィンは話し始めた。「わしはしばしばあの叫びは何だったんだろうと思うんだ。わしは戦いの神マッハがエイレンを助けに来たにちがいないと思った。なぜならあの夜、わしはマッハの化身であるカラスを見たから。しかし、それはおまえの妹のウナだった。そういう名前だったな？」フィンの口調は優しく、復讐の気持ちは感じられなかった。

「そうです。ウナはぼくの妹でした。妹が死んでしまった今、ぼくにはもう身内の者が誰もいなくなった。一人ぼっちになってしまった」

　タイ子はもう一度エナの手を握ると言った。

「でもあなたはもう一人ぼっちじゃないわ」

それからフィンのほうを向いて言った。

「わたしたちは行かなければならないの。どうかこれですべて終わりにしてください」

フィンはタイ子のほうをむいてうなずき、もう一度エナに話しかけた。

「わしも、もし愛する者が巻き込まれて死んでしまった事件をよろこび、自慢する者がいたら、ひどく腹立たしく思うだろう。今となってはおまえの気持ちはよくわかる。だからそのことについてはすまないと思っている。しかしあの夜わしがしたことは、何の罰もうけずに見逃されているわけではないのだ。そのことはわかってほしい。わしは王位につくためにたいせつな友の命を失った。そして城の外では、戦いで傷ついた家来たちの悲痛な叫び声が聞こえる。さらに、タイ子がわしのもとを去ってしまったら、さらなる不幸に見舞われるかもしれない。しかしそれも当然の報いであろう。さあ、心安らかに別れの挨拶を！　さようなら」

エナはフィンの別れの言葉にうなずくと、タイ子とともに姿を消した。二人が城の中庭に再び姿を現した時、そこではヂアムジと数人の家来がまさに勝利の時を迎えようとしていた。あと五人のフィネガス・クローンを殺せばいい。その時フィンがバルコニーから大声で言った。

「やめろ！　今夜は不必要な流血はそこまでだ。ヤツらをそのまま逃がしてやれ。ヂアムジ、刀を鞘に収め、怪我をしている家来たちの世話をしろ」

ヂアムジは刀を振り上げて、最後の一撃を残りのフィネガス・クローンに与えようとしていたが、突然刀をひっこめた。ヂアムジは戦いの決着をつけたいと強く望んでいたが、ハイ・キングの命令に従ったのだ。ヂアムジがフィンに向かって軽く頭を下げると、フィンは部屋の中に入って行った。

エナとタイ子と生き残りのフィネガス・クローンはたがいに顔を見合わせていたが、すぐにその場から姿を消した。コーマックの娘グローニャはヂアムジと家来が妖精の軍隊と戦うのを砦の入り口の陰からじっと見ていたが、ヂアムジが刀を鞘に収める前にいきなり飛び出してきて、一枚の布きれを差し出して言った。

「どうぞこれをお使いください」

「ありがとう」ヂアムジは布きれを受け取ると、刀の刃をていねいに拭いた。

「やはり噂は本当だったのですね」グローニャが言った。

「何の噂ですか?」ヂアムジが尋ねた。

「戦場において、あなたほど強い者はないと聞いていました。あの気味の悪い妖精の軍隊が町じゅうを埋め尽くした時、どうなることかと本当に怖かったのです。でもあなたと家来たちは勇敢で、決してひるむということはなく戦い続けていた」

「グローニャさま、おっしゃる通りです。もしもあなたの未来のご主人であるフィンが戦いをやめろと言わなかったら、勝利は確実にわれらのものだったでしょう」ギアムジはこういって、刀を鞘に収めた。

「それはわたくしの亡き父が決めたこと、わたくしがフィンを選んだわけではありませんから」そう言うとグローニャは城に戻って行ったが、その目にきらりと光るものがあった。

　エナとタイ子とフィネガス・クローンの残党がレッド・ヒルの上に現れた。エナはタイ子の手を握っている。

「おれたちはこれからどこへ行ったらいいんだろう」クローンの一人が言った。

「おまえが本物のフィネガスなのかい？」エナが聞いた。

「いや、おれだろう」別のフィネガスが手を挙げて言った。

「ヒッ、ヒッ、シャックリ」

「フィネガス、あなたはこのあなたのそっくりさんたちをどうするつもりなの？　三、四、五人いるわ」タイ子が言った。

「わしはもうずいぶん年だから、むかしのようには働けない。こいつらに手伝ってもらうのもいいかもしれん。いずれにしても、タイ子、おまえさんが無事でよかった」フィネガスはこう言うと、フィネガス・クローンのほうを向いて言った。

「さあ、わしらはここらで引き揚げるとしよう。若い二人を二人だけにしてやろう」

別れぎわにフィネガスはもう一度エナをじっと見て言った。

「わしはまだ数年は生きているだろう。エナ、わしだっておまえの家族の一人なんだ。忘れないでくれよ」

フィネガスはエナの肩を軽く叩くと、五人のクローンたちとフォイ・マーケットの中に入って行った。

「ねえ、タイ子、ぼくはときどき、ここレッド・ヒルに来て、ウナと話をしようと思う。聞いてくれるといいけど」

「たぶん聞いてくれると思うわ。でもね、エナ、万一ウナが聞いてくれなくても、わたしはいつだってあなたのそばにいて、耳をしっかり開けているわ」タイ子はにっこり笑って、エナのほうに顔を近づけると、唇にキスをした。

タイ子はエナの肩にかけていた両手を離すと、エナの手を握り、額をエナの額に押しつけて言った。

「わたし、しばらくアイルランドにいようと思うの。あなたのことが心配だから。それにあなたはアーニャとエアモンのために新しい家を建ててあげなければならないでしょ？　そしたらわたしの助けが必要になるわ」

「何もかも気にかけてくれてありがとう、タイ子。ぼくはこの家族にずいぶんつらい思いをさせてしまった」エナは首を横に振りながら言った。

「でも、もう何もかも終わったわ。トーマスとご両親を再会させてあげましょう。トーマスは指輪はそのまま持っていればいいわ。そしたら好きな時にアイルランドと日本の間を行ったり来たりできるでしょ。家のこともフォイ・マーケットの人にまかせましょう。今までよりずっとすてきな家を建ててくれる人が現れるわ」

エナはにっこり笑ってうなずいた。そして二人は姿を消した。

完

訳者あとがき

アラン・フィッシャーの時空を超えた奇想天外なファンタジー『巨人の夢』には、アイルランドの伝承の世界が各所に散りばめられています。アイルランドは伝承文学の宝庫で、アイルランドの人々は幼い時から祖父母や両親、地域の語り手や学校の先生から昔話や伝説を聞いて育ちます。また本屋の棚にはそのような話の本が今でもたくさん並んでいます。その中でも、フィン・マックールや妖精の話が最も多いと言えるでしょう。

アイルランドの人々にとってなじみ深い伝承の世界も、日本の読者にとっては初めてのことも多いと思います。そこで、フィン・マックールと妖精たちについて少し解説を加えたいと思います。

アイルランドの語りの名人たちが好んで語った、アイルランド王の息子の冒険譚の最後を締めくくる言葉に次のようなものがあります。

「彼らは夜の三分の一をフィンの話をして過ごし、次の三分の一を飲んだり食べたりして過ごし、残りの三分の一を寝て過ごした」

またアイルランド各地を旅していると、フィンの名前が語り伝えられている風景にしばしば出会います。例えば、アイルランド島の最北のアントリム県の沿岸に六角形の岩の柱が無数に林立しているところがあります。ジャイアンツ・コーズ・ウェイと言われるこの地域はユネスコの世界遺産に指定されていますが、これはフィンが対岸のスコットランドに住む恋人に会いに行くために造った道の一部と伝えられています。またアイルランド島最大の湖ネー湖はフィンが足元の土を掬って、海に投げた時できたもので、掬った土が海に落ちてできたのがマン島であると言われています。また南東部のウィックウ県にある、頂上がテーブル型の山は、フィンが狩りの途中で仲間たちと食事をするとき囲んだテーブルであると言われています。

以上のことから考えると、フィンが民衆の間で昔から親しまれてきた存在だったということがわかります。それではフィンはどのような人物だったのでしょうか。

アイルランドにはおよそ七千年前の中石器時代、新石器時代から人が住み、各地に墳墓と見られる優れた石の建造物を残していますが、彼らは文字を持たなかったため、その暮らしぶりの詳細はわかりません。紀元前五世紀頃になると、大陸からケルト人が渡来します。ケルト人は一つの民族ではなく、共通の文化や文字を持つ人々の総称ですが、彼らは波状的にアイルランドに渡来し、各地にそれぞれの王国を造って住んでいました。ケルトの社会は王やドルイド教の神官たちを頂点とする封建的な階級社会でした。言葉を大切にする文化でしたが、文字がなかったため、法律や英雄を讃える叙事詩がすべて口承によって伝えられていました。そして法律や物語を暗唱する詩人は高い地位にあり、特権を与えられていました。

ケルト人はやがてアイルランドに定住し、今のアイルランド人の祖先になったと言われています。彼らは五世紀にキリスト教が伝えられるといち早くキリスト教を採り入れ、キリスト教の世界でも支配的地位を占めるようになります。キリスト教と共にアイルランドに文字が伝わると、アイルランドの人々は文字に魅了され、各地の僧院でヨーロッパから伝えられた教典や、ギリシャ・ローマの古典を筆写することが盛んになります。やがてラテン語からアイルランド語の文字が考案されると、ケルトの社会で口承で伝えられた英雄伝や法典が文字に移され、写本として残ることになりました。現在アイルランドに残る写本は十一世紀以後のものですが、七、八世紀の写本について述べられていることもあり、古い写本について知ることができます。写本の内容は聖書の写しが主ですが、古い物語も断片的に残っています。けれども古い写本に残る物語の中に、フィンとその仲間の話はほとんど見られません。写本に見られる物語の中でかなり完全に近い形で残っている話があります。それはアイルランドの北のアルスター地方に一世紀頃に王宮を持っていたケルトの王コノール・マック・ネッサとその武士たちの武勇伝『アルスター英雄伝』です。『アルスターの英雄伝』はケルトの社会を映す鏡と言われるように、当時のアイルランドのケルト社会のエリートたちの物語で、その中でも超人的な英雄クーハランは、血筋の良さ、美しい容姿、超人的な力を持ち、何の汚点もない英雄として、アイルランド人の寵愛を集めています。

一方フィン・マッククールの話は、前述したような初期の写本にはほとんど登場しません。しかしそれはフィンの話が写本の制作が始まった当時にはなかったからではなく、フィンの話はケルトのエリートの社会の外に住む一般の民衆によって語り継がれていたから、初期の写本製作者の対象ではなかったためです。十二世紀以後、写本の制作が普及してくると、フィンの物語も写本に登場するようになり、それと同時にフィンとその仲間たちにもステータスが与えられるようになります。その結果、フィンの次のようなプロフィールが定着します。

フィンの父クワルは三世紀頃、タラの王宮に住むケルト部族の最強の王ハイ・キング、コーマック・マック・アート王お抱えのフィアナ戦士団の団長だったが、敵対する部族の長、ゴール・マック・モーナに殺される。クワルの妻は生まれたばかりの息子フィンを部族の賢い二人の女に託して、タラから離れたところで密かに育てるように頼む。

少年になったフィンは、父の地位を取り戻すためにタラの王宮に向かうが、その途中優れた戦士に不可欠な詩の才能を磨くために、ボイン川の畔に住む詩人フィネガスの元を訪れる。フィネガスはボイン川に住む「知恵の鮭」を七年間待ち続けていたが、フィンの来た日にその鮭を捕まえ、フィンに焼くように命じるが、自分より先に食べるなという。しかし焦げた魚の皮を親指で押さえた時、熱さをやわらげるためにその指を舐めたが、その瞬間に「知恵の鮭」の持つ未来を予知する能力を得ることになる。これ以後フィンは苦境に陥った時、親指を舐めて答えを求めるようになる。

フィンは父が失ったコーマック王の戦士団の団長の地位を奪還しようと、サウェンの夜（ハロウィーン）にタラの王宮を訪れ、毎年サウェンの夜に異界から現れて、タラの王宮を焼き尽くす妖怪エイレンを殺し、その手柄の褒美としてフィアナ戦士団の団長の地位を与えられる。

『巨人の夢』の著者アラン・フィッシャー氏はこの話を彼の物語の筋の中心に据えて、彼自身の想像力を駆使して物語を構築しました。このことはこの話を読み解く鍵になると思います。

フィンの戦士団の有力な戦士には息子のオシーン、最強にして女性にもてるヂアムジ、俊足のキールチェ、フィンの孫のオスカーなどがいる。

年老いて妻に先立たれたフィンは、コーマック王の娘グローニャと婚約するが、その婚約式の夜、グローニャは若くて美しいヂアムジに恋をし、嫌がるヂアムジを無理やりに誘って駆け落ちする。怒ったフィンは二人の後を十六年間執拗に追いかける。この話は『ヂアムジとグローニャの逃避行』という長い独立した話になっています。

このようなプロフィールをもとに、それ以後様々なフィンの物語が書かれることになります。一方、文字を知らない貧しい農村地帯の語り手たちの物語は、書物のフィンとは異なった道をたどります。語り手たちは写本のフィンのプロフィールを念頭に入れながらも、そこに古今東西の様々な物語を挿入したり、昔から語られている話の主人公にフィンを置き換えるなど、想像力を駆使して奇想天外な物語を自由自在に作っていったのです。

十九世紀になって、写本の古い話が盛んに印刷されるようになり、また語り手が口承で伝えた話が集められ、文字化されるようになると、人々は異なったフィンの物語の世界を同時に目にすることになります。

アラン・フィッシャーの『巨人の夢』はどちらかというと後者に近いように思います。フィンの伝承について詳しく知りたい方は、拙著『アイルランド　自然・歴史・物語の旅』（渡辺洋子著　三弥井書店）の第二部　「フィン・マックールと旅する―フィンの物語を読む」をお読みいただければ幸いです。


『巨人の夢』のもう一人の主役エナはレプラコーンという妖精です。アイルランドの人々はフィンの話と同様に、あるいはそれ以上に妖精の話が好きです。アイルランドの人々にとって、妖精は架空の存在ではありません。ですから妖精伝説（物語）は体験談として語られるのが普通です。十九世紀の終わりにアイルランドの南西地方にあるディングルという村に、妖精の話を集めに出かけたアメリカの伝承学者、ジェラマイア・カーティンは、その時妖精の話を聞いた人たちについて次のように言っています。

「十人のうち一人は妖精を信じているとはっきり言ったが、残りの九人の大部分も心の中では信じているように思われた」

アイルランドでは、妖精は人間社会のすぐ近くに住んでいると考えられていました。妖精たちはアイルランドの神話時代の神々のなれのはてで、人間との戦いに敗れ、国土を人間たちに譲った後、アイルランド各地にある塚山にもぐって、彼らの王国、不思議な世界を築いたと考えられています。

妖精は「フェアリー」、アイルランド語では「シー」と呼ばれています。姿かたちは人間と同じですが、一般には人間よりはずっと小さいと語られますが、明確な大きさはわかりません。時には人間と同じ大きさになるからです。彼らは普通は集団で住み、人間と同じ暮らしぶりのようですが、ただ空を飛んだり、姿を消したり、魔法を使うことができます。ほとんどの妖精は特別の仕事は持たず、美しい音楽を奏でたり、踊りを踊ったりするのが仕事のようです。妖精たちは宴会も大好きで、美味しい酒やご馳走を心から楽しみます。

フェアリーの中でただ一人仕事を持つ働き者の妖精は、レプラコーンと呼ばれる靴屋です。妖精たちは毎晩のように踊り明かして、すぐに靴をすり減らしてしまうので、レプラコーンは靴の修理に忙しく、その結果かなりの金を貯め込んでいると言われています。またレプラコーンはとても年寄りで、昔アイルランドにヴァイキングがやってきた頃に、ヴァイキングに習った特別なビールの製法を知っていると言われています。

アラン・フィッシャーは以上のような伝承から、様々な職業を持つレプラコーンという妖精たちの部落を思いついたのでしょう。

説明が長くなりました。説明が多くなると折角のファンタジーを台無しにしてしまいます。後は読者のみなさんが想像力をいっぱいに広げて、日本に最初に上陸したアイルランド初の素晴らしいファンタジーの世界を楽しんでいただきたいと思います。

妖精に興味のある方のために、日本で紹介されているアイルランドの民話の本を数冊紹介しておきます。

訳者　渡辺洋子

平成三十年七月末日

アイルランドの昔話の本一覧

W・B・イエイツ 編、井村君江 編訳『ケルト妖精物語』ちくま文庫

ヘンリー・グラッシー 編　大澤正佳・大澤薫 訳『アイルランドの民話』青土社

渡辺洋子・茨城啓子 編訳『子どもに語る　アイルランドの昔話』こぐま社

渡辺洋子・岩倉千春 編訳『アイルランド民話の旅』三弥井書店

トーマス・C・クローカー 編、グリム兄弟 解説・註、藤川芳朗 訳『グリムが案内する　ケルトの妖精たちの世界』草思社

渡辺洋子 編訳、野田智裕 絵『プーカの谷　アイルランドのこわい話』こぐま社

原作者・訳者略歴

アラン・フィッシャー：原作者

アイルランド出身の情熱的な起業家。
アイルランド国防軍で数年勤めた後、ダブリン・シティ大学のMasters in Marketing を卒業。アイルランド政府のプログラムを通じて日本のIT 企業富士ソフト株式会社で六年半国際営業に携わる。その後日本の人々にアイルランド文化を伝え、共有したいという使命感をもって、「巨人の会社」を立ち上げる。「巨人のシチューハウス」は食文化を通じての文化共有を、Kyojin Imports はアイルランドからの輸入製品を通じて文化共有を、そしてKyojin Books は独自のコンテンツを通じて文化共有を目標としている。

渡辺洋子：訳者

聖心女子大学英文科卒業。アイルランド伝承文学研究家。
朝日カルチャーセンターでアイルランドの伝承文学、朝日カルチャーセンター、ディラ国際語学アカデミーでアイルランド語の講座を担当。著書に『子どもに語る　アイルランドの昔話』（こぐま社）、『アイルランド民話の旅』（三弥井書店）、以上いずれも共著。『アイルランド　自然・歴史・物語の旅』（三弥井書店）、訳書に『塩の水のほとりで』（アンジェラ・バーク原作、冬花社）『プーカの谷』（こぐま社）他がある。

巨人の夢

2018年9月30日　初版発行

定価は表紙に表示してあります。

訳　者　渡辺洋子
発行者　アラン・フィッシャー
編集者　渡辺　毅
表紙デザイン　Damonza
地図デザイン　Box Animation

発行所　KYOJIN BOOKS　info@kyojin-books.com
アーティストリー&アイ合同会社
〒101-0021東京都千代田区外神田5－1－10
エートービル2F
発売所　株式会社　三弥井書店
〒108－0073東京都港区三田3－2－39
電話03－3452－8069振替00190－8－21125

ISBN-978-4-8382-9096-3　C0097　印刷　エービスシステムズ